Clara da Luz do Mar

Edwidge Danticat

Clara da Luz do Mar

tradução
Ana Ban

todavia

Para minha mãe, Rose,
e minhas filhas, Mira e Leila

Conta pra mim, cara beleza do anoitecer,
  Quando fitas púrpuras enlaçam a colina
  Será que o sonho oculto se descortina,
  Será que orações, como sementes que estão a amadurecer,

Saem dos seus lábios? Conta pra mim se quando
  As colinas se avultam à noite, sombras gigantescas
  De tom mais suave, ágeis como folhas frescas
De capim, as sementes de capim florescem. Então,

Conta pra mim se os ventos noturnos fazem
  Com que se inclinem na minha direção [...]

Jean Toomer, "Conta pra mim"*

---

* Tradução livre do poema "Tell Me": "*Tell me, dear beauty of the dusk,/ When purple ribbons bind the hill,/ Do dreams your secret wish fulfill,/ Do prayers, like kernels from the husk// Come from your lips? Tell me if when/ The mountains loom at night, giant shades/ Of softer shadow, swift like blades/ Of grass seeds come to flower. Then// Tell me if the night winds bend/ Them towards me [...]*". [N.T.]

Parte 1

1. Clara da Luz do Mar **13**
2. As pererecas **47**
3. Fantasmas **66**
4. Lar **85**

Parte 2

1. Estrela-do-mar **119**
2. Aniversário **138**
3. *Di Mwen, Conta pra Mim* **158**
4. Claire de Lune **197**

Parte 1

1.
Clara da Luz do Mar

Na manhã em que Claire Limyè Lanmè Faustin completou sete anos, uma onda insólita, de uns três metros de altura e até um pouco mais, foi avistada no mar que banha Ville Rose. O pai de Claire, Nozias, um pescador, foi um dos muitos que viram aquilo à distância, a caminho de seu saveiro. Primeiro ouviu um rugido baixo, como se fosse um trovão distante, depois viu um paredão de água se erguer das profundezas do oceano, uma língua verde-azulada gigantesca que parecia tentar lamber o céu rosado.

Com a mesma rapidez com que tinha se avultado, a onda quebrou. O tubo desabou e atingiu com toda a força um cutter de nome *Fifine*; afundou a embarcação e Caleb, o único pescador a bordo.

Nozias correu para a orla e avançou até onde a água batia nos seus joelhos. Um bom amigo estava agora perdido, alguém que ele tinha cumprimentado anos a fio quando se cruzavam, antes do nascer do sol, a caminho do mar.

Mais ou menos meia dúzia de outros pescadores já estavam ao lado de Nozias. Ele olhou para a extensão da praia, para onde ficava o barraco de Caleb e onde a mulher de Caleb, Fifine — Josephine —, provavelmente já tinha voltado para a cama depois de despachá-lo. Nozias sabia por experiência própria, e era capaz de sentir nos ossos, que tanto Caleb como seu barco já eram. Talvez aparecessem na praia em um ou dois dias, ou, o mais provável, nunca mais apareceriam.

Era uma manhã de sábado de mormaço forte na primeira semana de maio. Nozias tinha dormido mais do que o normal, contemplando a decisão impossível que sempre soube que um dia teria de tomar: a quem, finalmente, entregar sua filha.

"Se tivesse acordado mais cedo, eu estaria lá", ele correu de volta para casa e disse à filha pequena com a voz embargada.

Claire ainda estava deitada num catre no barraco de um cômodo só. As costas de sua camisola fina estavam cobertas de suor. Ela abraçou o pescoço de Nozias com seus braços cor de melado, do mesmo jeito que fazia quando era ainda menor, e pressionou o nariz contra a bochecha dele. Alguns anos antes, Nozias tinha lhe contado o que acontecera em seu primeiro dia na terra, quando a mãe dela, depois de dar à luz, morreu. Então, seu dia era também um dia de morte, e a onda insólita e o pescador morto provaram que nunca tinha deixado de ser.

*

O dia em que Claire Limyè Lanmè completou seis anos também tinha sido o dia em que o diretor da funerária de Ville Rose, Albert Vincent, foi empossado como o novo prefeito. Ele manteve os dois cargos, e isso levou a todo tipo de piada sobre a cidadezinha se transformar num cemitério para que ele pudesse ter mais clientes. Albert era um homem de elegância incomparável, apesar das mãos trêmulas. Vestia um paletó bege de duas peças todos os dias, assim como no dia de sua posse. Seus olhos, diziam, nem sempre tinham tido a cor de lavanda que exibiam agora. O tom anuviado e triste, mas formoso, devia-se ao sol e à catarata precoce. No dia da posse, Albert, com suas mãos trêmulas e tudo mais, recitou de cabeça um discurso sobre a história da cidadezinha. Fez isso do degrau mais alto da prefeitura, uma casinha branca do século XIX no estilo local, com vista para uma praça cheia de flamboyants onde centenas de moradores se acotovelavam sob o sol da tarde.

Ville Rose era o lar de cerca de onze mil pessoas, cinco por cento delas abastadas ou financeiramente confortáveis. Os outros habitantes eram pobres, alguns, miseráveis. Muitos não tinham trabalho, mas alguns eram lavradores ou pescadores (alguns, os dois) ou trabalhadores sazonais nas lavouras de cana-de-açúcar. Pouco mais de trinta quilômetros ao sul da capital e apertada entre um trecho das águas mais imprevisíveis do mar do Caribe e uma cadeia de montanhas erodidas do Haiti, a cidadezinha tinha um perímetro em forma de flor que, das colinas, parecia o desabrochar das pétalas de uma enorme rosa tropical, de modo que a estrada principal que conectava a cidadezinha ao mar se transformou no caule e se chamava avenida Pied Rose, ou Caule de Rosa, com seus vários becos e vielas chamados de *épines*, ou espinhos.

O comício da vitória de Albert Vincent aconteceu no centro da cidade — o óvulo da rosa —, em frente à catedral Sainte Rose de Lima, que tinha ganhado uma nova demão de tinta de um lilás mais profundo para a posse. Albert declamou seu primeiro discurso cobrindo as mãos com um fedora preto que poucos tinham visto na sua cabeça. Na beirada da aglomeração, encarapitada nos ombros de Nozias, Claire Limyè Lanmè usava seu vestido de musselina cor-de-rosa de aniversário e tinha o cabelo trançado coberto de fivelinhas em forma de laço. A certa altura, Claire reparou que ela e o pai estavam ao lado de uma mulher gorducha com um rosto angelical emoldurado por uma peruca longa e lisa. A mulher usava calça preta e blusa preta, e exibia um hibisco branco atrás da orelha. Ela era dona da única loja de tecidos de Ville Rose.

"Obrigado por depositarem sua confiança em mim", a voz de Albert Vincent ribombava agora no meio da aglomeração. O discurso finalmente estava chegando ao fim, quase meia hora depois de ele ter começado a falar.

Nozias pôs as mãos em concha diante da boca ao cochichar algo no ouvido da comerciante de tecidos. Estava óbvio para Claire que o pai na verdade não tinha ido até ali para ouvir o prefeito, mas sim para se encontrar com a comerciante de tecidos.

Mais tarde naquela mesma noite, a comerciante de tecidos apareceu no barraco perto do fim da avenida Pied Rose. Claire tinha achado que seria mandada para a casa de um vizinho enquanto a comerciante de tecidos ficava a sós com seu pai, mas Nozias tinha insistido para que Claire ajeitasse o cabelo usando uma escova velha e alisasse os amassados do vestido com babados que tinha usado o dia todo, apesar do calor e do sol.

Em pé entre os catres de Nozias e de Claire, no meio do barraco, a comerciante de tecidos pediu a Claire que rodopiasse à luz do lampião de querosene, que estava em seu lugar de sempre, na mesinha em que Claire e Nozias às vezes faziam as refeições. As paredes do barraco eram cobertas por exemplares amarelados e esfarelados do *La Rosette*, o jornal da cidadezinha, que tinham sido colados à madeira muito tempo antes, com grude de mandioca, pela mãe de Claire. De onde estava, Claire enxergava sua própria sombra espichada se movendo com as outras por cima das palavras desbotadas. Enquanto rodopiava para a moça, Claire escutou o pai dizer: "Sou a favor de corrigir as crianças, mas não com chicotadas". Ele olhou para Claire e fez uma pausa. Sua voz vacilou e ele apertou o meio da palma da mão com o polegar ao prosseguir. "Tento fazer com que a menina esteja sempre limpa, como pode ver. É claro, ela deve continuar com os estudos e ser levada a um médico o mais rápido possível quando estiver doente." Sem parar de apertar a palma, agora a da outra mão, ele completou: "Em troca, ela ajudaria com a limpeza da casa e da loja". Foi só então que Claire percebeu quem era aquela "ela" de quem falavam; o pai estava tentando entregá-la.

Suas pernas de repente pareceram ser de chumbo, e ela parou de rodopiar, e, assim que parou, a comerciante de tecidos se virou para o pai dela, o cabelo falso cobrindo metade de seu rosto. Os olhos de Nozias passaram da peruca refinada da comerciante de tecidos para suas sandálias caras que deixavam os dedos dos pés com as unhas vermelhas à mostra.

"Hoje à noite, não", a comerciante de tecidos disse, e se dirigiu para a porta estreita.

Nozias pareceu estupefato, respirou fundo e soltou o ar devagar antes de acompanhar a comerciante de tecidos até a porta. Eles achavam que estavam cochichando, mas Claire conseguia escutar com clareza do outro lado do cômodo.

"Eu vou embora", Nozias disse. "*Pou chèche lavi*, em busca de uma vida melhor."

"Ohmm." A comerciante de tecidos resmungou um aviso, como se fosse uma palavra impossível, uma palavra que ela não fazia ideia de como articular. "Por que você ia querer que sua filha fosse minha empregada, uma *restavèk*?"

"Eu sei que ela nunca seria isso com a senhora", Nozias respondeu. "Mas é isso que aconteceria de todo modo, com pessoas menos bondosas do que a senhora, se eu morrer. Não tenho mais nenhum parente por aqui."

Nozias pôs fim ao questionamento da comerciante de tecidos ao fazer uma piada sobre a vitória do diretor da funerária para a prefeitura, falando de quantos discursos sem sentido ele seria forçado a suportar se permanecesse em Ville Rose. Isso fez a risada aguda da comerciante de tecidos soar como se estivesse saindo do nariz. A boa notícia, Claire pensou, era que o pai não tentava entregá-la todo dia. Na maior parte do tempo, ele agia como se fosse ficar com ela para sempre. Durante a semana, Claire frequentava a École Ardin, onde tinha recebido uma bolsa de estudos por caridade do próprio diretor, *Msye* Ardin. E, à noite, Claire se acomodava ao lado do lampião de querosene na mesinha no meio do barraco e recitava as palavras novas que estava aprendendo. Nozias apreciava as

17

palavras cantadas e o esforço dela, e sentia falta da rotina durante as férias escolares. No resto do tempo, ele saía para o mar ao amanhecer e sempre voltava com um pouco de fubá ou ovos que tinha trocado por parte de sua pescaria da manhã. Ele falava em ir trabalhar em construção ou pesca comercial na vizinha República Dominicana, mas era sempre como se fosse algo que ele e Claire poderiam fazer juntos, não algo que ele precisaria abandoná-la para fazer. Mas, assim que chegava o aniversário dela, ele voltava a pensar naquilo — *chèche lavi*: ir embora em busca de uma vida melhor.

Lapèch, a pescaria, já não era tão lucrativa quanto tinha sido, ela ouvia o pai dizer a quem quisesse escutar. Já não era como antigamente, quando ele e os amigos baixavam uma rede na água durante uma hora mais ou menos e a recolhiam cheia de peixes grandes. Agora, tinham que passar meio dia ou mais fora e só tiravam do mar peixes tão pequenos que, antigamente, teriam sido jogados de volta. Mas agora era necessário se virar com o que se conseguia; mesmo que você soubesse, no fundo da alma, que era errado, por exemplo, tirar do mar caramujos pequenininhos ou lagostas cheias de ovas, não havia escolha. Já não era possível se dar ao luxo de pescar apenas na temporada para permitir que o mar se reabastecesse. Era preciso sair quase todo dia, até às sextas-feiras, e até enquanto o fundo do mar ia desaparecendo e o capim do mar que costumava alimentar os peixes ia se enterrando por baixo de sedimentos e lixo.

Mas ele não falava de pescaria naquela noite com a comerciante de tecidos. Estavam falando de Claire. Os parentes dele e os parentes da esposa morta dele, que viviam nos vilarejos das montanhas ao redor, onde ele tinha nascido, eram ainda mais pobres do que ele, ia dizendo. Se ele morresse, eles certamente tomariam conta de Claire, mas só porque não tinham escolha, porque é isso que as famílias fazem, porque, independentemente de qualquer coisa, *fòk nou voye je youn sou lòt*.

Todos precisamos cuidar uns dos outros. Mas ele estava sendo cuidadoso, disse. Não queria deixar à sorte algo tão crucial quanto o futuro de sua filha.

Depois que a comerciante de tecidos foi embora, fagulhas coloridas se ergueram das colinas e encheram o céu da noite por cima das casas próximas ao farol, na parte de Anthère (estame) da cidadezinha. Para além do farol, as colinas se transformavam numa montanha, selvagem e verde e, na maior parte, inexplorada, porque as samambaias não davam frutos. A madeira era úmida demais para carvão e instável demais para construção. Chamavam essa montanha de Mòn Initil, ou Montanha Inútil, porque havia pouca coisa ali que alguém pudesse querer. Também se acreditava que fosse assombrada.

Os fogos de artifício iluminaram o topo das samambaias em forma de cogumelo de Mòn Initil e também as mansões muradas de dois andares da colina de Anthère. Iluminaram ainda os barracos de ripas perto do mar e seus telhados de sapé e de zinco.

Quando a comerciante de tecidos foi embora, Claire e o pai se apressaram para sair e ver as luzes explodindo no céu. As vielas entre os barracos estavam apinhadas de vizinhos. Com explosões que pareciam de canhão, Albert Vincent, o diretor da funerária transformado em prefeito, estava comemorando a vitória. Mas, enquanto os vizinhos batiam palmas para celebrar, Claire não podia deixar de sentir que era ela quem tinha vencido. A comerciante de tecidos tinha dito não e ela podia ficar com o pai por mais um ano.

*

O dia em que Claire Limyè Lanmè completou cinco anos tinha sido uma quarta, o dia da feira, por isso o pai a acordou assim que o sol nasceu. Passaram por um laguinho cheio de areia que tinha se formado perto do seu barraco, onde um grupo de crianças cujos pais não tinham dinheiro para mandá-las para a escola passava as manhãs, ajudando os pescadores ou brincando dentro do anel de água salobra para depois mergulhar no mar e se limpar. Claire usava o mesmo vestido de musselina cor-de-rosa que Nozias tinha encomendado de uma costureira na cidade, mas de tamanho um pouco maior que no ano anterior. A fazenda tinha vindo da loja da comerciante de tecidos.

Vestindo uma camisa bem branquinha abotoada até o pomo de adão, Nozias sentia o ar pegajoso pinicar sua pele como se estivesse preso num dos vários bolsões de ar úmido onde a brisa do mar se encontrava com o calor abafado da cidade. Antes mesmo de darem as costas para o mar, Claire sabia que, do mesmo jeito que tinham feito no ano anterior, iriam visitar o túmulo da mãe dela naquela manhã.

A avenida Pied Rose já estava repleta de pedestres, que ou se desviavam dos mototáxis e riquixás motorizados ou tentavam pegar um. Nozias estava com o nariz erguido, inalando o cheiro de café passado nas ruas ladeadas de casas cujos telhados inclinados tinham beirais de madeira com detalhes que pareciam a renda preferida de sua esposa. Nozias caminhava em ritmo cadenciado, como se desafiasse Claire a acompanhar. Passaram por um templo de vodu que tinha as paredes externas cobertas de imagens de santos católicos no lugar dos loás, e Nozias apontou, do mesmo jeito que tinha feito tantas vezes antes, para o rosto reluzente de uma Mater Dolorosa pálida com uma espada apontada para o coração.

"A deusa do amor, Ezili Freda", ele disse. "A sua mãe gostava dela."

Claire nunca tinha visto uma fotografia da mãe. Não existia nenhuma. E, não fosse pelo retrato de classe pendurado na ala da pré-escola da École Ardin, um retrato que seu pai não tinha dinheiro para comprar, também não existiria nenhuma foto dela.

Eles contornaram o centro da cidade saindo da avenida principal e entrando num dos *épines*, atravessando uma trilha estreita de terra com casas de madeira rodeadas por cercas de cactos. Claire ia atrás do pai enquanto ele seguia o cheiro de açúcar queimado no ar. Um homem com botas de borracha que retornava das plantações de cana-de-açúcar com uma mula carregada gritou para eles: "Vão visitar os mortos, *Msye* Nozias e *Manzè* Claire?".

Nozias assentiu.

O cemitério era cercado por um muro de pedra marítima clara. Dentro dele, sob os salgueiros-chorões alaranjados, perto do portão do cemitério, ficavam as lápides mais antigas, a maioria desgastada e desbotada pelo sol. As pedras de mármore remontavam ao início do século XIX e pertenciam às famílias mais proeminentes da cidade, entre elas Ardin, Boncy, Cadet, Lavaud, Marignan, Moulin e Vincent, além de outras. Na parte mais nova do cemitério, logo encontraram os mausoléus em forma de casa, pintados em tons pastel, e as cruzes simples de cimento que se erguiam do solo argiloso. Claire no começo tinha esquecido qual era a cruz de sua mãe, mas Nozias a pegou pela mão e a levou até lá. Ele se abaixou e, com a ponta da camisa, limpou a leve camada de lama vermelha das letras fundas que tinham sido entalhadas na cruz. Só naquele ano Claire tinha conseguido ler as letras do nome da mãe. O nome da mãe dela também tinha sido Claire, Claire Narcis. Seu pai tinha lhe dado o nome de Claire Limyè Lanmè, Clara da Luz do Mar, depois que a mãe dela morreu.

O atributo físico mais notável de Nozias era que, tirando as sobrancelhas, os cílios e os pelos do nariz, ele era praticamente pelado. Por razões que nunca tinha pesquisado a fundo, nenhum outro pelo jamais tinha crescido no resto de seu corpo. Homem careca, com pele cor de ébano castigada pelo sol e pela maresia, Nozias se agachou com um joelho pousado na terra amolecida e cuspiu na ponta da camisa, mas não conseguiu umedecer o pano o suficiente para limpar toda a poeira vermelha do nome da esposa.

Perto da cruz da mãe de Claire, no mausoléu dos Lavaud, pintado em tom de índigo, havia uma coroa cor-de-rosa de metal atravessada no meio por uma faixa dourada que exibia algum nome. Ao lado da coroa, havia um buquê pequeno de rosas brancas. Essa foi uma das várias vezes em que Claire desejou saber ler e escrever mais que seu próprio nome. O pai dela não sabia nem isso, então ela não podia pedir a ele que lesse o nome para ela, que lhe dissesse quem era a criança para quem tinham deixado uma coroa infantil e flores brancas tão bonitas.

A frente da camisa de Nozias estava coberta de terra vermelha. Ele tinha limpado a lápide da esposa o melhor possível. Sentado na placa de cimento embaixo da cruz, ele parecia em casa entre os mortos. Mas, quando ergueu os olhos, avistou a comerciante de tecidos, que vinha na direção deles, usando um vestido de renda branca e um lenço de bolinhas amarrado na cabeça.

"Eu sabia que ela viria hoje", Nozias disse, e se levantou. Ele olhou para baixo, para sua camisa imunda, e pareceu envergonhado. Pegou Claire Limyè Lanmè pela mão e, com delicadeza, colocou a menina no caminho da moça.

"Está lembrada da minha filha?", Nozias perguntou enquanto dava tapinhas nervosos no ombro de Claire.

"Por favor", a mulher disse. "Permita que eu me lembre da minha."

*

No dia em que Claire Limyè Lanmè Faustin completou quatro anos, Rose, a filha de sete anos da comerciante de tecidos — uma das centenas de meninas que eram as *tokays*, ou homônimas, da cidadezinha —, estava montada na garupa de um mototáxi com sua babá adolescente quando um carro bateu na traseira do veículo e mandou Rose voando pelos ares. Ela caiu de cabeça no chão.

Rose era gorducha e tinha a pele cor de mel como a mãe, e o cabelo dela estava sempre penteado à perfeição. A mãe a penteava em estilos divertidos e cheios de vida, formando flores simples ou desenhos geométricos no couro cabeludo da menina. Aqueles, como Nozias, que tinham testemunhado o acidente diziam que, quando o corpo de Rose foi lançado da garupa da motocicleta, parecia de fato ter voado para fora do uniforme escolar, um anjo vestido com saia de pregas azul-marinho e blusa branca, erguendo ambas as mãos e batendo os braços feito asas, antes de atingir o solo.

Não tinha sido a primeira vez que Nozias via um acidente daqueles. Aquela era, ele sentia, uma cidade pequena e azarada, e a avenida Pied Rose, estreita e na maior parte não pavimentada, era apinhada demais de motocicletas, peruas de transporte público e carros particulares. Mas nenhum dos acidentes anteriores tinha sido tão chocante. Nozias tinha achado que a pequena Rose gritaria — igual às mães e aos outros espectadores enquanto corriam até o local —, mas a menina não tinha emitido som algum. O mototáxi estava quase chegando à loja da mãe dela quando o acidente aconteceu, então não demorou muito para a notícia chegar até a comerciante de tecidos, que, antes mesmo de ter tomado conhecimento dos detalhes, estava encurvada e vomitando em seco enquanto abria caminho através do trânsito parado até onde o corpo da filha estava estirado, ensanguentado e imóvel, na poeira. Nozias não via tanto desespero desde que a escola pública de ensino médio da cidade tinha desabado alguns anos antes, matando cento e doze dos duzentos e dezesseis alunos matriculados lá. Mas, no dia do acidente de mototáxi, a comerciante de tecidos era a única proprietária daquela tragédia. O motorista do carro, o motorista da motocicleta e a babá de Rose saíram ilesos por milagre, igual aos alunos e professores que tinham se arrastado para fora dos destroços do prédio desabado da escola. Nozias se sentiu agradecido por Claire, depois de ter visitado o túmulo da mãe naquela manhã, estar em segurança na casa de uma vizinha, longe de carros e motocicletas. Mesmo assim, naquele momento, ele sentiu mais falta da sua filha pequena do que em qualquer outro momento desde que ela tinha nascido. Ele sentiu tanta falta da menina que até invejou o jeito como a comerciante de tecidos segurava a filha dela. Pelo menos ela tinha tido a possibilidade de cuidar da própria filha durante toda a vida curta da menina, pensou. Mas ele era homem. O que ele sabia sobre criar uma menininha? Talvez, se ela fosse um menino, ele poderia tentar. Mas, com uma menina, tinha tanta coisa que poderia dar errado, tantos erros incorrigíveis que ele poderia cometer. Ele sempre precisaria de cuidadoras que não podia pagar, vizinhas a quem precisaria implorar favores e mulheres que poderia pagar ou com quem poderia ir para a cama para que fizessem o papel de mãe da sua filha. E nem mesmo os atos mais maternais, como dar banho e vestir e trançar seu cabelo, incluíam abraços como os que a comerciante de tecidos dava num cadáver ensanguentado. Foi preciso ver outra criança morrendo nos braços da mãe para lembrar a ele, mais uma vez, como sentiria falta de Claire se a entregasse a alguém para sempre.

*

No dia em que Claire Limyè Lanmè completou três anos, ela foi devolvida a Nozias do vilarejo na montanha onde estava morando com os parentes da mãe desde que tinha dois dias. A morte de sua esposa tinha sido tão abrupta que, ao ver o rostinho da criança, Nozias tinha ficado não apenas triste, mas também apavorado. Para a maioria das pessoas, Claire Limyè

Lanmè era uma *revenan*, uma criança que tinha entrado no mundo bem quando a mãe saía. E, se essas crianças não receberem atenção redobrada, podem seguir a mãe para o outro mundo com facilidade. A única maneira de salvá-las é separá-las do lugar onde nasceram, nem que seja apenas por um curto período. Senão, elas passam tempo demais correndo atrás de uma sombra que nunca serão capazes de alcançar. Crianças morrerem durante o parto ou pouco depois era bem comum. Crianças e mães morrerem juntas também não era incomum. Mas, quando a mãe morria e a criança sobrevivia e a mãe não tinha demonstrado nenhum sinal de doença antes, as pessoas partiam do princípio de que uma batalha tinha sido travada e que a pessoa com mais força de vontade tinha vencido. Só que Nozias preferia pensar naquilo como uma espécie de entrega amorosa. Apenas uma delas estava destinada a sobreviver, e a mãe tinha cedido seu lugar.

Ainda assim, no momento em que o corpo da esposa foi retirado do barraco, lá estava o problema seguinte mais urgente: alimentar a bebê. A parteira tinha vestido a pequena Claire com um macacãozinho amarelo bordado do vasto enxoval que a esposa de Nozias tinha passado meses costurando. Nozias tinha pegado a bebê no colo e enrolado na manta amarela combinando que a esposa dele tinha feito. Depois de dar à bebê um pouco de água com açúcar de uma mamadeira que a esposa também tinha comprado para o enxoval, a parteira deixou a bebê com ele e saiu apressada em direção à cidade para achar fórmula infantil ou uma ama de leite. Já naquelas primeiras horas, Claire era uma criança fácil e tranquila. Ela parecia já saber que não poderia se dar ao luxo de ser seletiva nem de fazer exigências.

Durante aquela primeira noite com a bebê Claire, Nozias teve visões pelas quais detestava a si mesmo, fantasias sobre deixar que ela morresse de fome. Tinha até imaginado que a

25

jogava no mar. Mas essas eram coisas que ele pensava em fazer com ela porque não tinha como fazê-las contra si próprio. Ele não podia se envenenar, como desejava desesperadamente, não podia deixar que ela ficasse de todo órfã e acabasse indo parar num bordel ou na rua. Já estava preocupado que os mosquitos e as moscas da areia a picassem, que ela pegasse malária ou dengue. Também temia por si mesmo. Tinha medo de se perder no mar, ou de ser atropelado por um carro, ou de ser acometido por alguma doença terrível que separaria os dois para sempre.

Uma hora tinha se passado desde que o corpo da esposa tinha sido removido, depois mais uma hora se passou, e, como a parteira não voltava, ele ajustou bem a manta amarela em torno da pequena Claire e foi com ela até a cidade.

A noite tinha caído rápido e, enquanto ele caminhava pela cidade, parecia estar vendo tudo pela primeira vez. O céu estava nublado e trovejava, apesar de não parecer haver sinal de chuva. O mar tinha se erguido e estava ficando agitado, empurrando ondas maiores na direção da orla. Alguns dos habitantes locais andavam com cautela e dificuldade, a maioria de costas para o vento em seu trajeto para casa depois do trabalho ou da lavoura. Outros recolhiam cadeiras de balanço e vasos das varandas cercadas, qualquer coisa que pudesse ser varrida e levada para dentro. O vento atrasava seus passos enquanto ele ia tirando da manta da bebê gravetos que tinham voado nela. Ele sentia a menina se contorcendo contra seu peito e, para afastar o pensamento de como ela devia estar faminta, começou a lembrar da esposa, que, até nos dias em que não precisava trabalhar banhando e vestindo os mortos na funerária de Albert Vincent nem sair para comprar comida, às vezes caminhava pela cidade, não para fazer algo específico, mas só para olhar para o rosto das pessoas e dar uma espiada nas feiras livres e nas lojas refinadas, escolhendo coisas que tanto ela como os vendedores sabiam que não poderia levar para casa.

Ele e a esposa tinham se conhecido quando ela ia comprar peixe para um cliente no mercado na cidade. Ela fazia isso três vezes por semana; inspecionava o produto de todos antes de encher uma cestinha com pargos e bacalhaus. Logo ele começou a reservar os melhores e maiores peixes para ela. Em dias que sabia que ela viria mas não podia sair para o mar, ou em dias em que a pesca era fraca, ele ficava duplamente triste.

Ele a chamava de "esposa", minha esposa, *madanm mwen*, quando na verdade devia ser "mulher", só que ele não gostava das palavras *fanm mwen*. "Minha mulher" lhe parecia ilícito, como se se tratasse de uma amante. Nunca se casaram oficialmente. Mesmo assim, não foi difícil convencê-la a ir morar com ele. Ela dormia num dos depósitos do mercado ao mesmo tempo que todo dia ia à funerária para perguntar se podia ajudar por lá: o trabalho era igual ao que ela fazia nas montanhas antes de se mudar para a cidade, banhando e vestindo os mortos. Sempre que ele contava aos amigos pescadores como tinham se conhecido, costumava acrescentar que ele era o único homem de quem ela gostava que não estava morto. Então, um dia, ele a convidou para ir morar com ele, e ela disse sim.

No dia antes da mudança dela, ele arrumou um pouco o lugar: retocou as paredes do barraco, substituindo algumas tábuas de madeira podres e vedando alguns buraquinhos no telhado de zinco. Até comprou um catre novo com colchão de espuma. Trocou o nome do barco, que era o de um amor antigo, pelo dela. A partir de então, todos os seus barcos de pesca foram batizados de Claire.

As coisas estavam indo bem até eles começarem a tentar ter um filho.

Nozias sentiu a bebê Claire se agitar mais uma vez quando passou pelo prédio branco de esquina que abrigava o hospital da cidade, L'hôpital Sainte Thérèse. Durante meses depois de se mudar para a casa dele, Claire Narcis, filha de coveiros e carpideiras profissionais das montanhas, tomou ervas e folhas embebidas em rum que supostamente a fariam engravidar. Em vez disso, a mistura só a deixava bêbada, o que aumentava a frequência do sexo mas não levava a nenhum resultado imediato. Durante um ano, desejou ter sabido antes de ela ir morar na casa como ter um filho era importante para ela. Ele teria pelo menos lhe contado sobre sua quase operação.

Com medo de ficar preso a um punhado de crianças que não tinha condições de alimentar, sempre tinha carregado consigo seu desejo de não ter filhos como se fosse um segredo terrível, e isso o levava a se sentir menos homem. Quer dizer, isso aconteceu até um dia em que ele estava passando na frente do L'hôpital Sainte Thérèse, como tinha acabado de fazer, e, em vez da aglomeração costumeira no começo da manhã de gente doente e moribunda, ele viu uma longa fila de rapazes saudáveis esperando. Curioso, abordou-os e foi informado de que existia uma maneira simples de impedir os filhos, algo que continuaria exigindo precauções para não adoecer por causa do sexo mas que evitaria que se tornasse pai.

Depois de uma longa apresentação no pátio do hospital e de um filme curto repleto de testemunhos de homens agradecidos, um médico branco que também parecia ter lá seus vinte anos disse aos homens que fossem para casa e pensassem no assunto. Dentre todos eles, Nozias foi o único a dizer que queria ser operado naquele mesmo dia.

O médico queria fazer exames de sangue, mas Nozias, por meio da tradução de uma enfermeira haitiana, tinha recusado. Só queria a operação, disse, e nada mais. O médico cedeu.

Foi informado de que ficaria consciente o tempo todo. Um lençol foi colocado diante dele, na altura da sua cintura, para que não visse o que o médico estava fazendo com ele. Mas, quando sentiu a picada de uma agulha num dos testículos, soltou um berro bem alto e gritou que tinha mudado de ideia. Nozias desceu da mesa de um salto, vestiu a calça e saiu correndo do hospital, com a certeza de que iria querer ser pai um dia.

Ele gostaria de ter aquela mesma certeza agora, quando passava pela catedral da cidade com a bebezinha Claire apertada contra o peito. Os sinos começaram a tocar às sete horas, como um alarme, enquanto as pessoas corriam para entrar na igreja para a missa da noite e para se abrigar do vento. Através de uma fresta nas enormes portas de madeira, ele avistou o Cristo crucificado, os vitrais e a chama das velas. Pelo jeito como ela tinha nascido e levando em conta o que algumas pessoas pensavam sobre crianças como ela, ele ficou se perguntando se não devia fazer uma parada para que Claire fosse abençoada. Mas, ao se lembrar de quanto tempo ela tinha passado sem se alimentar, resolveu que não ia parar. Bem naquele momento, quando passava acelerado, um padre de cabelo branco abriu a porta da igreja para ele. Era *Pè* Marignan, o primeiro-clérigo de Sainte Rose de Lima. O padre tinha erguido a mão e se apressado em abençoá-los de longe. Nozias assentiu com a cabeça para agradecer ao padre e prosseguiu, passando pela igreja na direção da Chez Lavaud, a loja de tecidos da cidade. Ali, ele viu a comerciante de tecidos ao lado do vigia noturno corpulento, armado e uniformizado que acorrentava e fechava com um cadeado os portões de metal da loja. Ao lado dela, sua filha de três anos lhe puxava a saia. Claire começou a chorar, e a comerciante de tecidos se virou para ver de onde vinha o choro.

"Madame", Nozias disse, e caminhou na direção dela.

Já dava para ver no rosto da comerciante de tecidos que ela sabia o que tinha acontecido. Como podia não saber? Não existe nenhum lugar em que as notícias se espalhem mais rápido do que em Ville Rose. A maioria das mulheres da cidade já devia saber como o coração da esposa dele de repente tinha parado mais para o fim do trabalho de parto, só que, com medo de que o espírito da mãe voltasse para levar a filha, ninguém além da parteira, que estava acostumada com essas coisas, tinha se adiantado para ajudar a ele e à criança.

De sua parte, Nozias tinha ouvido dizer que a comerciante de tecidos ainda estava amamentando a menina gorduchinha de três anos. O fato de que ela ainda não tinha desmamado uma criança tão grande, que ele sabia se chamar Rose, era tão fora do comum para uma mulher na posição dela que todo mundo sabia do fato. Demonstrando mais bondade e bravura do que ele esperava, a comerciante de tecidos pediu ao vigia noturno que voltasse a abrir o portão de entrada e fez sinais para que ele a esperasse do lado de fora e para que Nozias a seguisse para dentro da loja. Ela empurrou outra porta para abrir, então acionou um interruptor que acendeu algumas lâmpadas penduradas acima das prateleiras cheias de tecido e bobinas de fazenda empilhadas bem alto. Nozias, a comerciante de tecidos e a filha dela, com ar sonolento, se sentaram num banco de madeira comprido da área de espera. A comerciante de tecidos desabotoou a blusa de seda e nem se esforçou para esconder os seios amplos, que eram alguns tons mais claros que o rosto dela.

Claire pegou o peito rápido, primeiro o direito, depois o esquerdo, esvaziando ambos os seios da comerciante de tecidos enquanto Rose observava, estupefata e de coração partido, como se não tivesse se dado conta até aquele momento de que aquilo era algo que a mãe podia fazer por outra pessoa além dela.

Nozias pensou que poderia levar Claire até a comerciante de tecidos todo dia, mas, depois de sorrir e balbuciar palavras doces à bebê, a mulher contraiu o rosto e devolveu a filha a ele, com a cara feia que, seria de imaginar, ela reservava aos clientes que queriam comprar fiado. Apontando para a menina sonolenta de três anos a seu lado, a comerciante de tecidos disse: "Ela precisa do meu leite".

Ele não disse, mas estava pensando que a filha dele e a dela agora eram irmãs de leite. A comerciante de tecidos tinha oferecido seu peito à bebê Claire. Será que ele podia pedir a ela para ser a madrinha de sua filha? Ela certamente tinha condições para isso. Também tinha um longo histórico na cidade. Um avô tinha sido engenheiro. Ele tinha construído o farol da colina de Anthère e ajudado a reconstruir partes da cidade várias vezes depois de furacões. Outro avô tinha sido farmacêutico e curandeiro. Uma avó cuidava do próprio negócio de cana-de-açúcar. Outra tinha sido professora no *lycée*. O pai dela tinha sido o magistrado da cidade, e a mãe, ceramista, fazia vasos de barro para vender, que agora comercializava em sua própria loja em Port-au-Prince.

A única coisa de que Nozias não gostava em relação à comerciante de tecidos era sua reputação de mulher fácil, do boato sobre o desespero dela por companhia masculina. Nozias sabia que a esposa dele ia com frequência à loja de tecidos para negociar suas mantas de bebê bordadas à mão. Ele agora ficava se perguntando se as duas alguma vez tinham conversado longamente. Será que alguma vez conversaram mais do que apenas como cliente e compradora? Como mães jovens em potencial?

Enquanto ele estava ali parado, perto da porta de entrada da loja, ninando a bebê aquecida e contente nos braços, ficou pensando que, se esperasse o suficiente, a comerciante de tecidos poderia mudar de ideia. Será que ela acharia que a filha dele era tão bonitinha ou tão digna de pena que permitiria que ela voltasse para ser amamentada? Em vez disso, ela enfiou a mão no bolso da saia, tirou de lá algumas notas e estendeu na direção dele.

"Você tem parentes?", ela perguntou enquanto acariciava o cabelo perfeito da própria filha. "Uma irmã?" Antes que ele pudesse responder, ela completou: "Se não tiver irmã, deve mandá-la para a gente da sua mulher".

"Tem algum lugar para enterrar o corpo da sua mulher?", ela prosseguiu. "Pode, se quiser, usar parte do lote que nós temos no cemitério."

O vento tinha amainado. Ele agradeceu a ela e se apressou em voltar para casa com a criança adormecida nos braços. A parteira estava a sua espera na porta do barraco.

"Saiu com a criança depois do anoitecer", ela ralhou.

A parteira carregava mamadeiras e pó e água tratada, e estava ansiosa para alimentar a bebê que dormia. Aquelas mamadeiras e o pó, aquela água, junto com os gastos do enterro, iam acabar com a maior parte do dinheiro que ele e a esposa estavam economizando para se mudar para longe do mar.

No dia seguinte, a comerciante de tecidos mandou um de seus funcionários levar um pacote para a bebê Claire. Era do tamanho de um travesseiro pequeno e estava embrulhado com o papel pardo e amarrado com o barbante de sisal cru que a comerciante de tecidos usava para embalar os fardos de fazenda de sua loja. Dentro dele havia uma manta verde bordada com renda branca e alguns macacõezinhos de bebê bordados à mão. Eram o tipo de itens de enxoval de bebê que a esposa dele gostava de costurar, e que tinha feito aos montes para a filha.

Quando a irmã da esposa de Nozias chegou para o enterro, ele lhe entregou a bebê de dois dias, junto com o enxoval que a esposa tinha feito, o pacote da comerciante de tecidos e o pouco dinheiro que tinha sobrado.

Ele ficou aliviado por não precisar se preocupar com a bebê Claire durante um tempo, mas não foi embora de Ville Rose. Manteve o barco e o barraco. Trabalhava com mais afinco e passava mais tempo no mar a fim de ter dinheiro suficiente para mandar para os cuidados dela. Mas não fazia visitas nem pediu que fosse trazida de volta para ele.

Às vezes, nos meses que se seguiram, durante as longas horas que passava no mar, ele ficava imaginando com quem ela se parecia e como ela era. Será que era vesga ou tinha as pernas arqueadas, gorda ou magra? Será que era serena ou *dezòd*, uma criança insolente? Será que sabia que tinha uma mãe que tinha morrido?

Com a aproximação do terceiro aniversário dela, ele sentiu que estava pronto para vê-la de novo. Então mandou um recado para que a cunhada a trouxesse de volta no dia de seu aniversário. E, quando ele a viu, ela se movia com languidez e era magricela, de cortar o coração, uma versão menor da mãe. Ele mandou fazer um vestido para a ocasião, o qual mandaria replicar pela mesma costureira, em tamanho maior mas no mesmo modelo, ano após ano. A esposa dele tinha feito um igualzinho, imaginando que a filha deles o usaria em seu primeiro aniversário. Ele tinha guardado aquele primeiro vestido quando a mandara para longe. Com frequência, tinha estendido a peça sobre o peito à noite, como teria feito com a criança se ela estivesse com ele.

*

Ao meio-dia do sétimo aniversário de Claire Limyè Lanmè Faustin, Nozias a apressou até o cemitério para a visita anual dos dois ao túmulo da mãe dela. O céu tinha limpado e estava com o tom de água-marinha, e, não fosse pela perda de Caleb, a onda cruel daquela manhã já poderia ter se transformado numa memória distante.

Claire usava a maior versão do vestido de aniversário cor-de-rosa até então, e, ao observá-la remexendo na roupa, puxando o tecido para longe da pele, Nozias disse a si mesmo que aquele seria o último ano que mandava fazer o vestido. No ano seguinte, para seu oitavo aniversário, se ela ainda estivesse com ele, deixaria que escolhesse o que vestir. Poderia até levar a menina a uma loja na cidade e fazê-la escolher um vestido já pronto.

Conduzindo a menina pelo caminho que passava pelo vaso grande de azaleias vermelhas na frente do mausoléu dos Lavaud, pelo buquê de rosas brancas que parecia um pouco maior a cada ano, ele ficou parado com ela diante da cruz de cimento que era o túmulo da mãe dela. A menina protegeu o rosto com as mãos, apertando os olhos para impedir que o sol os ferisse. Apesar de visitar o túmulo com frequência, Nozias sempre sentia a mesma onda de dor, quase como se levasse um soco no coração, cada vez que ia até ali. Perguntou a si próprio se a filha não sentia a mesma coisa.

A filha soltou a mão dele e ficou alguns passos atrás. Também parecia perdida em seus pensamentos. Nozias temia que ela já não se interessasse por aquelas visitas ao túmulo da mãe. A menina andava de um lado para outro sem parar de puxar a barra do vestido. Ergueu o rosto na direção do dele, afastou os dedos dos olhos e permitiu que o sol os atingisse.

Está na hora de ir embora, os olhos dela pareciam dizer. Agora que estava claro para ele que ela queria ir embora, ele também ficou ansioso para retornar ao mar. Estavam lançando grupos de busca por revezamento para encontrar Caleb, e ele queria participar do segundo.

Naquela tarde, ele e alguns outros pescadores puseram uma frota de canoas, botes e chalupas na água, com seu barco e sua vela colorida, feita de faixas velhas de propaganda, à frente. Ele gostava de ter uma vela festiva e, ao longo dos anos, depois de ter modificado seu barco a remo, tinha pegado com *Msye* Pierre, editor do jornal e também promotor de festas, faixas antigas de grupos musicais. A vela dele agora era uma colcha de retalhos de nomes de bandas e datas passadas havia muito tempo para shows nos bares à beira-mar ou na praça central da cidade. Os outros pescadores tinham velas certinhas, em forma de gafanhoto e de uma cor só, mas as velas de Nozias se pareciam com borboletas raras. Se Caleb estivesse ali, seu barco seria o da dianteira, já que era o mais velho dentre todos os pescadores, e o cutter dele, *Fifine*, sempre tinha sido o maior e mais forte na água.

Não ventava no mar naquela tarde. De seu barco no meio da água, Nozias viu Claire Limyè Lanmè ao lado de um grupo de meninos que penduravam uma rede de arrastão para secar em frente a um barraco. Os meninos estavam envolvidos demais no trabalho para perceber que ela estava ali, e ela estava ocupada demais observando a água, tentando não perdê-lo de vista, para prestar atenção neles. No fim, ele passou mais tempo olhando para ela do que procurando Caleb, que ele já sabia que o mar não iria devolver.

Depois de um tempo, Claire caminhou de volta ao barraco dos dois num passo arrastado sob o sol da tarde. Agora ele não conseguia mais enxergá-la. Mesmo assim, tão longe no mar, ele se deu conta de que nunca devia ter lhe dito que, se ele tivesse acordado mais cedo naquela manhã, também poderia ter morrido.

Quando ele e os outros pescadores voltaram da água ao anoitecer, desalentados por sua busca não ter resgatado Caleb, apesar de haver uma lua exuberante no horizonte, alguns dos pescadores acenderam uma fogueira. De vez em quando, um deles jogava um punhado de sal mineral no fogo para criar fagulhas, na esperança de atrair o espírito de Caleb para fora do mar. Enquanto Josephine, a mulher de Caleb, chorava em silêncio, Nozias e os outros pescadores se acomodavam na areia quente ao lado dela, bebiam *kleren* e jogavam cartas, assim como fariam num velório oficial.

À distância, Nozias viu a filha de mãos dadas numa roda com outras cinco meninas, girando umas às outras numa brincadeira estonteante chamada *wonn*. Uma das vizinhas dele provavelmente tinha levado um prato de comida para ela, ou a tinha convidado para comer, do mesmo jeito que alguém sempre fazia quando ele estava no mar. Enquanto ele a observava, sentindo que sua filha o evitava, dezenas de pessoas chegaram da cidade, trazendo, como era o costume, pequenas somas de dinheiro para a mulher de Caleb.

Pè Marignan, que sempre era chamado para abençoar redes e batizar barcos novos, chegou para oferecer uma bênção. Um dos vários ministros protestantes da cidade, *Pastè* Etienne, também compareceu. Estava acompanhado de um grupo de mulheres idosas, vestidas de branco dos pés à cabeça. A mulher de Caleb, Josephine, fazia parte da congregação evangélica carismática de *Pastè* Etienne. Antes de juntarem as mãos para pousar na cabeça de Josephine, *Pastè* Etienne e as mulheres ajudaram Josephine a se ajoelhar. Quando terminaram e já tinham ajudado a mulher a se levantar, o prefeito/agente funerário, Albert Vincent, chegou. Durante os poucos minutos que Albert Vincent passou conversando com Josephine, um dos pescadores próximos da fogueira disse em tom alto o suficiente para todo mundo ouvir que a parte de prefeito dele estava investigando um desastre, mas o lado de agente funerário estava em busca de cadáveres. Na verdade, Albert Vincent olhava ao redor de si como se procurasse não apenas um cadáver, mas também um fantasma.

Nozias se levantou e apertou a mão trêmula de Albert Vincent. Mesmo depois de todos aqueles anos, ele se sentia agradecido por Albert Vincent ter dado um emprego a sua esposa na funerária dele quando ela ainda era nova na cidade, um emprego que significava tudo para ela. Também tinha sido Albert Vincent que conseguira uma bolsa de estudos para a filha dele na escola de Max Ardin, seu amigo, em honra à memória da mãe de Claire.

"Como vai *Ti* Claire?", Albert Vincent perguntou. Ele costumava se referir à filha de Nozias como *Ti* Claire, Pequena Claire.

Nozias assentiu, dando a entender que a filha estava bem. Apesar da gratidão, ele sempre achava difícil estar na presença de Albert Vincent e não sentir um abismo de pesar, sobretudo num dia como aquele. A despeito da brisa do mar, Albert Vincent exalava o mesmo cheiro que a esposa dele tinha quando trabalhava para ele. O cheiro dele, assim como o dela, era o cheiro da morte, coberto por fragrâncias com a intenção de mascará-lo.

Nozias também se sentia pouco à vontade com bondade não solicitada. Ele tinha vergonha por sua necessidade de caridade ser tão óbvia, sobretudo para alguém a quem ele nunca teria como retribuir, a não ser com um peixe aqui e ali e com sua expressão de gratidão mais humilde, mais resignada e mais modesta toda vez que seus caminhos se cruzassem.

"Não sei como agradecer mais uma vez, *Msye* Albert, por tudo que fez pela menina", ele disse, pouco depois de seu cumprimento.

"Então, pare de agradecer", Albert Vincent disse, e deu tapinhas no ombro dele. "A mãe da menina fazia parte da nossa família Pax Vincent."

Naquela noite específica, Nozias achou que Albert Vincent estava ampliando tanto o significado de família que Albert Vincent, talvez sem ter a intenção, estava rebaixando a dele. Ela era a *minha* família, ele tinha vontade de dizer. Não a sua. Nem a da funerária. Em vez disso, ele disse: "*Wi, Msye* Albert. *Mèsi anpil.* Muito obrigado".

Ao se afastar de Albert Vincent, Nozias percebeu que tinha perdido Claire de vista. O *kleren* que tinha passado de mão em mão ao redor da fogueira tinha deixado sua cabeça um pouco anuviada. A isso, adicionava-se o fato de que ele sempre ficava com a garganta apertada ao falar com Albert Vincent: depois, ele não conseguia mais nem juntar as palavras da maneira apropriada para perguntar às pessoas com quem cruzava se tinham visto sua filha.

Ele nem tinha certeza de quanto tempo tinha se passado desde a última vez que a tinha visto. Mas, ao se aproximar de seu barraco, ele a avistou. Estava sentada ao lado de uma mulher. Era uma mulher que ele conhecia, só que ele nunca a tinha visto assim. O cabelo dela estava preso com uma rede preta por cima de alguns bobes de esponja cor-de-rosa gigantes, e ela usava um vestido de festa longo que parecia prateado. Era a comerciante de tecidos que travava uma conversa profunda com a filha dele.

Ele ficou temeroso de se aproximar delas e ficaria contente de permanecer onde estava e continuar apenas observando as duas, só que a comerciante de tecidos o avistou e ele achou ter visto um aceno.

Ela e Claire estavam cada uma sentada numa pedra. Ele se agachou no meio das duas na areia.

Por que a vida ainda era capaz de surpreendê-lo daquela maneira?, perguntou a si mesmo. Talvez fosse o dia. Aquele dia dos mais impossíveis, aquele dia tanto de vida como de morte.

Mas não era exatamente isso que ele estava esperando, desejando: algum interesse por sua filha da parte de uma mulher de posses, uma mulher que tinha sido a primeira e única a amamentá-la? De repente, a lua cheia parecia ter se deslocado direto para cima da cabeça dos três. Para ele, era como se todo mundo os observasse, esperando para ver o que a comerciante de tecidos faria, o que a comerciante de tecidos diria.

"*Wi*", a comerciante de tecidos soltou, como se ela e ele estivessem no fim de uma conversa muito longa. "Sim. Vou levar a menina. Hoje à noite."

Claire ficou com os olhos na areia, mas Nozias viu uma lágrima deslizando pelo lado do rosto dela. Ele queria estender a mão para ela, fazer um carinho com o nariz na bochecha dela do mesmo jeito que ela gostava de fazer quando ele estava triste.

"Por que agora? Por que hoje à noite?", ele conseguiu dizer.

"É agora ou nunca." A comerciante de tecidos estendeu a mão para enxugar o rosto de Claire, mas a menina se afastou. "Preciso de outra maneira de me lembrar deste dia." A comerciante de tecidos juntou as mãos numa dobra de seu longo vestido de cetim, entre os joelhos. "Agora ou nunca", ela disse, e então moveu a mão para pegar de novo na da menina e tentar acariciá-la.

O corpo de Claire tremia enquanto ela observava uma segunda pilha de madeira trazida pelo mar ser colocada na fogueira faiscante dos amigos do pai dela.

"Claire Limyè Lanmè", Nozias chamou. Claire não virou o rosto. Ele desejou poder dizer a ela algumas coisas antes que ela não fosse mais dele, mas o mais importante era o que segue.

Certa noite, depois de ele ficar sabendo que a esposa estava grávida, saíram para o mar juntos para uma breve pescaria noturna. Naquela noite, o vento parecia rodeá-los, e ele se viu dando voltas e mais voltas na mesma pequena área antes de sua chalupa parar como se tivesse chegado a um muro. Ele ficou com medo de que talvez estivessem encalhados num recife, mas conseguiu recuar. Ele ainda não tinha acendido a lamparina que tinha tomado emprestada de seu amigo Caleb, quando de repente a esposa tirou o vestidinho que usava e ficou lá só de calcinha, arqueando o corpo de modo a mirar nele como se fosse uma flecha.

Ele reparou na barriga e nos seios dela levemente maiores e percebeu que ela estava tentando fazer com que ele se acostumasse com aquilo. Mas, antes que ele pudesse dizer qualquer coisa, ela passou ambas as pernas por cima da popa e quase virou o barco quando deslizou para o mar. Seu corpo partiu a superfície da água iluminada pelo luar, puxando-a para a frente quando afundou a cabeça, depois voltou a erguê-la para fora da água. Agora ela deslizava para longe dele, seu cabelo comprido trançado flutuava na superfície, como se estivesse separado do rosto. Ele remou mais rápido, tentando alcançá-la.

"Claire, *reken*, tubarões de recife", ele gritou. "Aqui pode ter tubarões de recife!"

Ela tirou a cabeça da água e deu uma risada profunda e sem fôlego.

"Eles vão chegar se você continuar chamando", ela disse. "Venha olhar aqui."

Quando ele remou na direção dela, seu rosto relaxou, e ele viu o que ela queria observar ao nadar para longe. Ao redor dela havia um brilho estonteante. Era como se o seu pedaço de mar estivesse sendo iluminado por baixo. Das curvas perfeitas de seus seios para baixo, ela estava no meio de um cardume de pequenos peixes prateados minúsculos que a ignoravam e se alimentavam de pedacinhos de algas que cintilavam flutuando na superfície da água.

Ele parou de remar e descansou os braços enquanto refletia sobre o novo corpo dela e o que — quem — poderia sair dali, apenas alguns meses mais tarde. O mar estava calmo, a não ser pelas batidinhas leves da água quando ela girava os braços e as pernas para permanecer à tona. Ele desviou o olhar dela, fixando a água em vez disso. Mas logo seu pânico voltou e ele gritou seu nome mais uma vez. "Claire, volte agora, Claire!"

Ela se afastou dos peixes e partiu o cardume ao meio ao espalhar água e nadar na direção do barco. E, naquele momento, ela era a Lasirèn dele, sua deusa morena do mar, de cabelo comprido e corpo comprido. Com um rosto angelical como uma Nossa Senhora da Caridade bronzeada, acreditava-se que a Lasirèn fosse a última coisa que a maioria dos pescadores via antes de morrer no mar, deslizando em seus braços primeiro, antes mesmo de o corpo bater na água. Assim como a maioria dos pescadores que ele conhecia, Nozias, no seu barco, ao lado da armadilha, da rede, do anzol, da linha e da lata cheia de isca, mantinha um saco de estopa onde havia um espelho, um pente e um caramujo, um amuleto para invocar a proteção de Lasirèn.

Até o barulho normal do mar parecia ameaçador antes de sua esposa, agora nadando mais rápido, alcançar o barco. Ele se inclinou para a frente e lhe ofereceu a mão, que ela aceitou e subiu de volta ao barco enquanto os peixes e as algas reluzentes desapareciam, como se só tivessem sido uma miragem, devolvendo um cinza ininterrupto à superfície da água.

Na chalupa, a água escorrendo pelo corpo, a esposa esticou o pescoço para olhar para a colina de Anthère e suas diversas casas grandes com as luzes em aglomerados que brilhavam à distância. Acima dessas casas, em frente a Mòn Initil, ficava o farol de Anthère. Sua torre de pedra costumava ficar abandonada, mas, de vez em quando, alguns jovens em busca de aventura iam até a porta de aço na base, subiam a escada em espiral da torre e acendiam lanternas na galeria, como se estivessem duplicando a lâmpada quebrada. Aquela parecia ser uma noite assim. Claire tirou o sal do rosto, observou as luzes que piscavam no farol de Anthère e então se inclinou na direção de Nozias.

"Se for menina", ela disse, "Limyè Lanmè. Limyè Lanmè." Luz do Mar. Ela limpou a garganta e, em tom mais alto, completou: "Claire como eu. Depois Limyè Lanmè. Clara da Luz do Mar".

"E se for menino?", ele perguntou.

"Daí, Nozias, como você. Depois, Limyè Lanmè. Nozias da Luz do Mar."

Ele deu risada da possibilidade ridícula daquele nome para um menino, mas gostou muito do nome de menina.

Agora, no sétimo aniversário de Claire, nas montanhas, na galeria do antigo farol, mais uma vez havia luzes. Algumas eram lanternas. Algumas eram lâmpadas de querosene. Mas todas estavam sendo acesas, ele sabia, por jovens pescadores, como tributo a Caleb, seu amigo.

Nozias desviou os olhos das luzes e se ouviu dizendo à comerciante de tecidos: "Não vai mudar o nome dela?".

A comerciante de tecidos balançou a cabeça para dizer que não.

"Não vai permitir que ela ande em mototáxis?"

"*Non*." As duas mãos da mulher imediatamente se ergueram até o peito, como se ela tivesse sido atingida ali. "Eu nunca mais faria isso", ela disse.

Mesmo depois de todos esses anos bajulando a comerciante de tecidos para que ficasse com Claire, ele nunca achou que isso fosse realmente acontecer. Mas não havia como voltar atrás: de agora em diante, a Claire dele seria a filha da comerciante de tecidos.

"Antes que saia de Ville Rose", a comerciante de tecidos ia dizendo, "há documentos que precisa assinar."

"Eu mandei escrever uma carta para ela", Nozias disse. "Pode dar a ela quando for mais velha."

"Muito bem", a comerciante de tecidos concordou.

"Obrigado", ele completou, sentindo a mesma dor inexorável que às vezes sentia quando visitava o túmulo da esposa.

Mais tarde, Nozias tentaria entender onde Claire conseguiu achar coragem para erguer os braços magricelas naquele momento. Ele tinha subestimado seu apego a seus poucos pertences e tinha partido do princípio de que ela não iria querer levar nada para sua nova vida. Mas, naquele momento, ela levantou a mão e apontou para o barraco.

"*Bagay yo*", ela disse, "as coisas." Não as coisas *dela*, mas *as* coisas, como se soubesse que nada no mundo era dela de verdade.

Nozias e a comerciante de tecidos observaram Claire se dirigir ao barraco, desviando de vários grupos de crianças, inclusive das meninas com quem estava brincando antes, e ignorando as tentativas delas de chamar sua atenção. Desde a época em que ela tinha voltado para ele, aos três anos, Nozias sempre tinha podido enxergar a mãe dela na menina. Os corpos flexíveis e ágeis se mexiam da mesma maneira, os braços colados às laterais do corpo enquanto caminhavam, as pernas com movimentos lentos demais, lânguidas de um passo a outro. Nozias viu a menina abrir a porta bamba do barraco e então se virou para o outro lado.

Claire não tinha muita coisa, Nozias pensou, só duas saias azul-marinho e duas blusas brancas para a escola, o vestido cor-de-rosa de aniversário que estava usando e o que ele tinha mandado fazer antes daquele, uma camisola, um caderno, cartilhas, o colchão e a colcha de retalhos com que cobria seu catre, aquela que tinha pertencido a sua mãe. Ela não conseguiria carregar tudo sozinha. A comerciante de tecidos talvez nem fosse querer aquelas coisas na casa dela. Gaëlle. O nome da comerciante de tecidos era Gaëlle. Agora ele podia voltar a pensar no nome. Agora podia até dizê-lo. Podia pelo menos chamá-la de madame Gaëlle. Madame Gaëlle Cadet Lavaud. A filha dele agora era filha de madame Gaëlle.

Madame Gaëlle alternava o peso de sua silhueta curvilínea de um pé calçado com um chinelo felpudo ao outro. Ela deu uma espiada nos degraus de madeira que era preciso subir para entrar no barraco, então se virou na direção da fogueira que ia se extinguindo, onde a mulher de Caleb, Josephine, estava sentada, rodeada por suas amigas da igreja.

A julgar pelo desenho das estrelas no céu, já era quase meia-noite. As luzes da colina tinham se apagado e a aglomeração estava se dispersando. O pessoal da cidade estava indo embora, voltando para casa. Ele ficou triste por não ter mais nada a dizer àquela mulher que oferecia uma vida nova a Claire, aquela mulher que, a partir de agora, a filha dele chamaria de mãe.

"Ela vai levar muita coisa?", madame Gaëlle então perguntou.

"Vou buscar a menina", ele respondeu.

Sentiu o olhar possivelmente crítico nas costas dele quando se dirigiu ao barraco. Estava fazendo todo o possível para não cair, só que, cada vez que seus pés afundavam na areia, tinha certeza de que isso ia acontecer. Mas, antes mesmo de entrar no barraco, Nozias sentiu que Claire não estava ali. Puxou a porta para abrir; tinha razão. O catre dela estava coberto com a colcha de sempre, intocada desde que ela tinha arrumado os lençóis naquela manhã. Os uniformes da escola estavam pendurados num cabide de arame na parede. Em cima do travesseiro, numa pilha bem-arrumada, estavam seu caderno e suas cartilhas.

Agora com os pés firmes embaixo de si, Nozias correu na direção da água e chamou o nome de Claire. Ele então se virou e percorreu as trilhas escuras entre os barracos até chegar à entrada da alameda de palmeiras de coco-do-mar que levava à colina de Anthère.

Madame Gaëlle foi atrás dele e se juntou aos gritos que chamavam o nome de Claire. Outros fizeram a mesma coisa, caminhando em várias direções. *Msye* Sylvain e alguns dos filhos e netos dele abandonaram o forno de barro aceso de sua padaria para também procurar Claire. *Msye* Xavier, o construtor de barcos, largou as ferramentas e foi atrás da aglomeração. Madame Wilda, a tecelã de redes, juntou-se à busca também. Ela, com um grupo de pessoas, seguiu até a beira da água à procura de algum movimento fora do comum.

Quando, depois de algum tempo, Claire não apareceu, vários vizinhos de Nozias foram até ele e se revezaram para lhe contar alguma variação da ideia de que ela provavelmente tinha adormecido em algum lugar e logo estaria de volta, em casa.

A mulher de Caleb, Josephine, chegou para lhe dar um abraço. O rosto dela estava inchado depois de passar muitas horas chorando, e o lenço do luto que prendia seu cabelo crespo tinha escorregado para a nuca. Josephine era muda e sofria de elefantíase na perna direita, que tinha o dobro do tamanho da perna esquerda. Então Josephine se movia devagar e falava com as mãos de um modo que, com o passar dos anos, Nozias e alguns outros que eram próximos de Caleb tinham passado a entender. Ela tocou nos lábios e fez a mímica: "*Mèsi*, obrigada". Pelo que ela estava agradecendo, ele não tinha certeza. Por espalhar a notícia da morte do marido dela entre os vizinhos? Por testemunhar a morte em si?

Batendo com ambas as mãos no peito, ela sinalizou "*kouraj*, coragem", talvez desejando aquilo tanto para si mesma como para ele.

Quando Josephine saiu mancando para longe dele, arrastando o peso da perna atrás de si, Nozias suplicou àqueles que se dirigiam à cidade que ficassem de olho para ver se avistavam sua filha. Mas, dentro dele, havia uma calma renovada. Ele tinha certeza de que Claire voltaria e queria estar presente quando ela voltasse.

Madame Gaëlle ofereceu seu Mercedes branco. Poderiam circular pela cidade à procura de Claire, ela disse. Mas ele estava convencido de que Claire não tinha ido muito longe e queria que o rosto dele fosse o primeiro que ela visse ao voltar.

"Não posso sair daqui." Madame Gaëlle estendeu a mão e apertou o ombro dele. "Ela foi embora por minha causa."

Ela provavelmente estava certa. Claire nunca tinha feito nada do tipo antes. Sim, ela às vezes saía caminhando, vagando pela cidade, como sua mãe costumava fazer. Só que alguém — se não ele, então uma das mulheres que ficavam de olho nela — sempre sabia a direção que ela tinha tomado, para onde estava indo e quando voltaria. Mas ele achou que não seria correto permitir que madame Gaëlle esperasse por Claire ali na praia. Ela também sentiu a inquietação dele e sugeriu que esperaria no seu barraco.

"Não se preocupe, Nozias", ela disse. "Eu já estive aqui, não?"

O vestido perolado de madame Gaëlle agora parecia tão reluzente quanto o lado brilhante da lua. Ela tinha cheiro de gardênia, igual ao da pomada com perfume de gardênia que as mulheres dos pescadores que penteavam o cabelo de Claire às vezes usavam para untar o couro cabeludo da menina. Madame Gaëlle entrou, do mesmo jeito que tinha feito no ano anterior, quando tinha vindo visitá-los. Mas, dessa vez, ela se sentou no catre dele. Seus olhos pareciam dois abismos vazios e, neles, ele reconheceu um vácuo que era capaz de identificar com facilidade mas nunca de sanar, nem sequer em si mesmo. Ela estava ali, mas na verdade não estava. Em um momento, sua boca se abriu e se fechou, mas dali não saiu nada. Ela parecia estar se lembrando de coisas que não conseguia pôr em palavras.

Ele, por sua vez, estava concentrado em seu entorno modesto, na maneira como seu catre envergava um pouco sob o peso dela. Na maneira como o lampião tremeluzia entre sombra e luz. Será que estava quente demais, ele se perguntou. Frio demais? Claro demais? Escuro demais? A insistência dela em ficar tinha feito com que ele sentisse vergonha de sua falta de confortos, da pequenez e da natureza precária de seu mundo.

"Ela vai voltar, madame", ele disse. "Com licença."

Ele recuou e saiu pela porta, como se dar as costas a ela fosse o auge do desrespeito. Então ele a deixou sozinha no barraco e se afastou para esperar perto das pedras, onde os dois tinham estado sentados com Claire antes de Claire desaparecer.

2.
As pererecas

Dez anos antes da noite em que chegou para levar a filha de Nozias Faustin, Gaëlle Cadet Lavaud estava esperando sua própria filha. Fazia tanto calor em Ville Rose naquele ano que montes de pererecas tinham explodido. Essas pererecas não assustavam apenas as crianças que corriam atrás delas nos rios e nos riachos ao anoitecer, ou os pais, que se apressavam a arrancar as carcaças melequentas dos dedos de seus pequenos, mas também Gaëlle, que, aos vinte e cinco anos e grávida de mais de seis meses, temia que ela também fosse explodir se a temperatura continuasse a subir. Já fazia algumas semanas que as pererecas estavam morrendo, mas no começo Gaëlle não tinha notado. Elas estavam morrendo com tanta discrição que, para cada uma que perecia, outra tomava seu lugar ao longo da vala perto da casa dela, cada uma tão igual à outra que ela, entre outras pessoas, se enganava, pensando que um ciclo normal estava ocorrendo, que as jovens substituíam as velhas, e a vida substituía a morte, às vezes devagar e às vezes rápido, do mesmo jeito que acontecia com tudo mais.

Depois de uma noite insone, durante a qual ela tinha sido assombrada por visões de carcaças de perereca deslizando para dentro da sua boca e pela garganta, Gaëlle tinha se demorado embaixo do mosquiteiro que cobria a cama de mogno com dossel deles, enquanto o marido, Laurent, se esgueirava para fora do quarto.

Foi só depois de escutar o tilintar dos talheres na sala de jantar e os elogios efusivos do marido a Inès, a empregada, por causa de seus ovos fritos com arenque, que Gaëlle abriu os olhos. Mas ela não saiu da cama até que o motor do velho Peugeot Cabriolet do marido tivesse sido ligado, assinalando que ele estava de saída para a loja de tecidos.

Pouco depois de ele sair, ela se levantou. Sem tirar a camisola, pegou o penico de cerâmica que mantinha ao lado da cama. Com a sempre atenta Inès fora de vista, Gaëlle saiu de casa e caminhou através do pomar de amendoeiras que se inclinava para um campo de capim-vetiver selvagem e depois para um riachinho.

Não fazia muito tempo que o sol tinha se levantado, mas ele já ardia no meio do céu. Ainda assim, as pedras e os seixos ao redor do riachinho pareciam gelados sob os pés descalços de Gaëlle. Ela caminhou por cima deles do mesmo jeito que faria se estivesse num canteiro de terra ou de grama, seguindo a direção da água corrente até avistar suas primeiras pererecas. A apenas alguns centímetros do lótus mais próximo, ela reparou numa pererera verde que parecia uma folha com chifres. Suas patas eram iguais às de uma galinha e ela parecia estar de cara feia. Pouco depois, Gaëlle achou uma pererera anã marrom da floresta que tinha a aparência mais comum de uma pererera, a não ser por algo que se parecia com um dedo médio comprido nas patas traseiras. A terceira foi uma minúscula *koki* escarlate, cujo canto melodioso em staccato tinha fama de fazer os bebês dormirem.

Gaëlle examinou mais de perto. Todas as três pererecas, ela percebeu, estavam mortas, apesar de terem morrido de uma morte que parecia mais natural do que a dos restos esgarçados que ela tinha visto em dias recentes. As três pererecas mortas estavam em posições de agachamento, como se tivessem sido paralisadas no meio do ato de saltar ou de rastejar.

Ela esfregou a barriga e se agachou para recolher as pererecas, então jogou todas no penico. Quando caminhou na direção da base de uma amendoeira específica, onde todos os dias da última semana ela tinha executado um funeral silencioso para um punhado de peles de perereca, ela ninou o penico contra a barriga. Na maior parte das manhãs, quando chegava ao riachinho, ela tinha a esperança de encontrar pelo menos uma perereca viva, mas recolher as pererecas mortas dali a fazia se sentir útil, como se estivesse executando um serviço fundamental que ninguém mais iria ou poderia fazer. De vez em quando, aquilo também parecia a extensão de alguma brincadeira de criança que tinha sido fonte de diversão para ela e o marido: os enterros de lagartixas em caixinhas de fósforo, as borboletas e os vaga-lumes presos em potes de vidro. Apesar de jurar que a breve caçada de cada manhã seria a última, ela não conseguia parar, tanto que convenceu a si mesma de que as pererecas precisavam dela, e ela das pererecas.

Ela cavou a terra amolecida pelo orvalho com os dedos e fez um buraco de tamanho suficiente para enterrar as pererecas embaixo da amendoeira, então voltou para casa e passou o dia na cama. Em alguns dias, ela se sentia tão livre que mal se lembrava do bebê dentro de seu corpo. Mas, em outros dias, dias como hoje, ela se sentia como se estivesse carregando um ninho de cobras na barriga. Inès levava suas refeições na cama nesses dias, mas ela mal comia: o café da manhã de bananas-da-terra cozidas e ovos fritos, o almoço de feijão com arroz, e o peixe frito para engordar bebê, e as carnes ensopadas que lhe pareciam menos apetitosas do que as pererecas mortas que ela tinha plantado no solo.

"Este calor e toda a confusão com as pererecas com certeza é um sinal de que algo mais terrível vai acontecer", Laurent disse a ela quando chegou em casa da cidade naquela noite. Ele se inclinou para dar um beijo na sua bochecha, com o rosto empapado de suor.

Laurent Lavaud — Lolo para os íntimos, Lòl para a mulher — era um homem pequeno, mais magro e mais baixo que Gaëlle quando estava descalça. Tinha cabelo bem crespo, basto, e um sorriso largo que parecia não conseguir conter nem quando estava irritado. Ele vinha de uma família de alfaiates e proprietários de lojas de tecido e, por causa da abundância de tecidos em sua própria loja na cidade, se vestia muito bem, ultimamente com preferência por camisa de abotoar larga, de mangas curtas, e calças folgadas.

Quando se acomodou numa das duas cadeiras de balanço da varanda, Laurent disse a Gaëlle que, quando estava saindo da única estação de rádio de Ville Rose — WZOR, Rádio Zòrèy ou Rádio da Orelha —, onde ele patrocinava programas e às vezes ia ao estúdio para escutar alguma transmissão, tinha visto um grupo de jovens brutamontes parados na entrada da estação. Gaëlle esfregou a barriga com uma das mãos, como era seu hábito agora, enquanto se abanava com um chapéu de palha na outra, e apenas fingia escutar quando disse: "Não pense nisso, Lòl. Vai estragar seu apetite".

Ele assentiu e voltou a falar das pererecas. "Em toda a minha vida, nunca ouvi falar de criaturas morrendo desse jeito."

Quando era adolescente, Laurent fumava com frequência folhas de tabaco enroladas à mão. Às vezes, quando fazia algum pronunciamento — porque tinha aquele tipo de voz que sempre parecia estar fazendo pronunciamentos —, dava a impressão de estar um pouco sem fôlego.

Com a casa no meio de uma conhecida área de enchente, perto de um rio tributário que unia diversos riachinhos, riachos e rios, Gaëlle achava que centenas de pererecas apodrecendo poderia ser uma catástrofe óbvia. Mas, a cada manhã, ela fazia questão de sentir o cheiro do ar da manhã e não detectar nenhum odor de pererecas mortas. Ela percebeu que, assim que a pele lustrosa e os órgãos minúsculos delas eram expostos ao sol, a maioria das pererecas secava e se dissolvia embaixo dos lótus ou no leito dos rios.

O fato de não haver nenhum odor pútrido era uma sorte. Nesse estágio da sua gravidez, a maior parte das coisas ainda causava ânsia de vômito em Gaëlle. E, no entanto, havia dois cheiros que não a incomodavam de modo nenhum: o odor úmido das pererecas mortas e a fragrância de tinta dos tecidos novinhos em folha, de que ela gostava tanto que, de vez em quando, o marido desconfiava que ela secretamente pegava um pouco da mercadoria sempre que estava na loja de tecidos.

Algumas semanas depois de começarem a morrer, as pererecas e seus cadáveres desapareceram completamente. As chuvas do início do verão inundaram os riachos e rios da cidade, afogando o restante da população de pererecas e depositando uma camada alta de barro arenoso perto da casa de Gaëlle e Laurent. A força da água tinha sido suficiente para desenterrar as raízes compridas do capim-vetiver novo que crescia selvagem perto da casa deles. Eles tinham chegado a lucrar de verdade com o capim-vetiver selvagem que, além de ser bom para o solo, também era muito procurado por dois fornecedores de empresas de perfumaria em Les Cayes, uma cidade próxima ao sul. Nos anos em que o capim-vetiver grassava, Laurent e Gaëlle usavam o dinheiro extra para plantar mais algumas fileiras de amendoeiras perto das partes próximas aos limites da propriedade. Era Gaëlle quem mais adorava as amendoeiras e, antes de engravidar e desenvolver aversão por elas, costumava esmagar os frutos fibrosos com pedras do rio para extrair as sementes.

Certa noite, ao notar que Laurent tinha voltado tarde da loja mais uma vez, Inès, a mulher ousada de tórax inchado que era empregada deles desde que tinham se casado, recebeu-o com uma bandeja de prata e um copo de limonada.

"*Msye* vai jantar hoje à noite?", Inès perguntou com um tom de repreensão na voz, que era tão grave quanto a de Laurent.

Laurent balançou a cabeça para dizer que não. Ele não gostava de comer à noite e com frequência chegava em casa tarde, depois que a mulher já tinha jantado.

Tinha passado pela cabeça de Gaëlle — e talvez também pela de Inès — que, já que Gaëlle conhecia o marido desde menina e tinha engravidado apenas um mês depois de se casarem, ele talvez já tivesse se envolvido com outra mulher na cidade. Gaëlle também sabia do interesse dele pela rádio — a ânsia que ele sentia de assistir aos apresentadores e às apresentadoras trabalharem da sala de controle era tão forte quanto seus desejos eróticos — e ela acreditava nele quando ele dizia que era isso que estava fazendo na cidade depois de fechar a loja.

Na noite seguinte, Laurent chegou em casa cedo com um punhado de azaleias vermelhas para Gaëlle. Nos últimos meses, Gaëlle tinha percebido que podia tolerar os erros e as obsessões do marido, desde que terminassem com azaleias vermelhas. Ela via conforto naquilo.

Para fugir do calor, entraram no Cabriolet dele, e Laurent baixou a capota e seguiu até a parte mais antiga da cidade, passando pela torre de observação coberta de hera de um castelo que tinha começado a ser construído nos anos em que o Haiti ainda era colônia francesa, como presente para a irmã de Napoleão Bonaparte, Pauline. O castelo, uma das relíquias mais notáveis da cidade, tinha ficado inacabado em 1802, quando o marido de Pauline Bonaparte morreu de febre amarela e ela voltou com o corpo dele para a França. Algumas de suas paredes de pedra ainda estavam de pé, apesar de ninguém ter achado que fosse adequado transformá-las em algum tipo de monumento oficial. Plantaram tubérculos no lugar onde ficariam as salas de estar e o budoar de Pauline. Vacas e bodes pastavam ao redor da área. Crianças jogavam partidas vespertinas de futebol naquilo que seria um parque zoológico feito para abrigar a ampla coleção de animais selvagens de Pauline.

Quando passaram as ruínas do castelo, que se chamava Abitasyon Pauline, Laurent seguiu até as antigas trilhas atrás dos campos de cana-de-açúcar, e o telhado em forma de guarda-chuva da fábrica de *kleren* apareceu. O cheiro de álcool puro enchia a rua toda; diziam que, se alguém permanecesse naquela rua tempo suficiente, podia ficar bêbado só com o ar. Laurent e Gaëlle tinham tentado várias vezes, mas nunca tinha dado certo. Naquela noite, tentaram mais uma vez inalar um pouco de névoa alegre e tontura forçada, mas, de novo, não funcionou. Então seguiram até o *lycée* público que ficava na esquina. O andar térreo era feito de concreto, e o primeiro, de madeira. A maioria das estruturas nessa parte da cidade era construída assim; materiais de construção se misturavam de maneira aleatória, criando uma miscelânea que as pessoas chamavam de *achitekti pèpè*.

Aqueles passeios de carro, para ela, também eram viagens ao passado deles. Quando eram alunos naquela escola, pouca gente tinha carro, e sonhar em ter um era como desejar ter um avião no quintal. Quando Lòl tinha dezessete anos e o pai comprou para ele o Peugeot Cabriolet preto que tinham até hoje, ele se tornou o líder da turma, o príncipe da multidão. E ela, por ser a sua prometida, era quem cuidava da agenda do carro: organizava viagens e decidia quem podia ou não fazer parte do círculo próximo deles. Durante o dia da festa de Sainte Rose de Lima, como rosas eram caras demais e ela não gostava de lilases, eles cobriam a frente do carro com azaleias vermelhas e ela se sentava ao lado dele, no banco do carona, enquanto o carro acompanhava a procissão religiosa com a capota abaixada.

Então seguiram montanha acima na direção do antigo farol de Anthère, perto de onde Gaëlle tinha passado a infância. Estacionaram em frente aos portões cobertos de buganvílias da casa dos avós dela, que estava vazia desde que sua mãe e seu pai tinham se mudado para Port-au-Prince. O marido olhou para o horizonte escuro por cima da praia, pegou a lanterna do painel e acendeu antes de saírem do carro. Caminharam por uma trilha longa e estreita através da alameda de coqueiros que levava até o mar. De mãos dadas, andaram entre as canoas e os veleiros, em sua maior parte com nomes de santos, mães, namoradas ou mulheres. As persianas de várias das janelas dos pescadores estavam abertas, apesar de já ser tarde. A cada poucos passos, eram brindados com um vislumbre de algum ato particular à luz de um lampião ou de uma lâmpada de querosene: uma criança sendo amamentada ou levando uma surra, marido e mulher discutindo, outro par tirando a roupa, um jantar tardio de pão e chá sendo saboreado.

As mulheres dos pescadores cumprimentavam a ela e a Laurent quando passavam. Essa era ao mesmo tempo a bênção e a maldição de uma cidade como a deles, na verdade um tipo de vilarejo, a que Gaëlle, Laurent e sua família tinham sempre pertencido.

"A brisa do mar faz bem ao bebê", muitas mulheres gritaram para ela.

Bebê? O que elas sabiam sobre o bebê? Elas logo saberiam de tudo, mas, por enquanto, a história do bebê era só dela, de Laurent e dela.

Gaëlle não queria fazer aquilo. Mas, como o ginecologista do Sainte Thérèse afirmou que o feto estava se desenvolvendo muito devagar, ele insistiu que ela fizesse uma ultrassonografia. O bebê, que as imagens determinaram ser uma menina, apresentava um cisto que crescia no peito e descia por toda a coluna. Se vivesse o suficiente para nascer, o médico disse, provavelmente morreria logo depois. Tanto o médico como Laurent achavam que Gaëlle devia abortar antes que a gravidez avançasse. Mas Gaëlle quis levar a gravidez adiante, para ver como tudo acabaria.

No dia seguinte, Laurent tinha algum outro assunto para tratar na cidade e perguntou a Gaëlle se ela podia passar algumas horas na loja de tecidos em seu lugar. Gaëlle gostou da ideia. Ficou animada ao se imaginar atrás do balcão, cumprimentando os clientes, que lhe ofereceriam uma desculpa para desenrolar as enormes bobinas de musselina, algodão, organza e gabardina que enchiam as prateleiras abarrotadas da loja. Tudo isso, ela esperava, também faria com que não pensasse na bebê.

A primeira cliente de Gaëlle naquela manhã foi Claire Narcis, uma moça bonita que tinha cabelo comprido com tranças de raiz bem apertadas que às vezes a faziam parecer uma criança.

Depois que Gaëlle engravidou, Claire Narcis, como quase todo mundo, trazia-lhe alguns presentinhos uma vez ou outra quando ia à loja. Na maior parte do tempo era comida, geralmente pargos frescos, que o companheiro de Claire Narcis pescava e que ela então mostrava a Gaëlle na loja e depois levava para Inès a fim de serem preparados frescos. Outras vezes eram mangas, abacates ou mandiocas. Mas, de vez em quando, Claire Narcis levava algo para o bebê, mantas ou macacõezinhos, nem cor-de-rosa nem azuis, mas amarelos ou verdes, quase uma maneira discreta de perguntar qual era o sexo da criança. Daquela vez, Claire Narcis trouxe uma manta verde bordada, debruada com uma renda nupcial delicada que Gaëlle tinha lhe vendido uma semana antes sem saber a finalidade. Naquela manhã, com seu olfato aguçado pela gravidez, Gaëlle foi capaz de detectar nela os mortos que Claire Narcis banhava e vestia na funerária de Albert Vincent na maioria dos dias. Ela captou o cheiro dos fluidos de embalsamamento e do desinfetante com fragrância de limão e tentou ignorá-los enquanto soltava o barbante cru de sua própria loja, desembrulhava o pacote feito com seu próprio papel pardo para ver a oferenda de Claire Narcis.

"Eu sei que é má sorte oferecer algo assim antes do bebê chegar", Claire Narcis começou a dizer, baixando o olhar como se esperava que as pessoas em posição inferior fizessem.

Gaëlle estendeu a mão até o outro lado do balcão e ergueu o rosto de Claire Narcis, embalando-o com delicadeza na palma da mão. Não havia tempo para dizer ou fazer qualquer outra coisa. Mais clientes entravam pelo portão, e, apesar de Gaëlle ter mais dois vendedores para ajudar, ela era a única em quem Laurent confiava para receber pagamentos.

"Obrigada pelo que me deu", Gaëlle disse a Claire Narcis, olhando em seus olhos. "Mas já chega."

Uma garoa suave começou a cair lá fora. À medida que a luz do sol ia diminuindo e o ar escurecia e o som da chuva ia ficando cada vez mais alto no telhado de zinco da loja, alguns transeuntes encharcados entraram na galeria da frente e ficaram ali, um apertado contra o outro, no espaço entre o balcão e a porta. Estavam todos quietos, de um jeito esquisito, enquanto a chuva crescia em intensidade, transformando a poeira em lama.

Gaëlle não pôde deixar de se preocupar que os rios próximos a sua casa viessem a transbordar mais uma vez, carregando deslizamentos de terra das colinas. A casa dela e de Laurent era agora a única tão próxima dos rios. As outras casas, mais novas porém mais maltratadas, tinham sido arrastadas corrente abaixo, ano após ano, por enchentes, muitas delas com famílias inteiras dentro. Logo depois de noivarem, Laurent tinha escolhido o terreno e a localização como surpresa. Ele mesmo tinha esboçado o projeto da casa e passado as noites depois do trabalho na loja aprimorando e revisando cada detalhe à medida que a casa era construída do zero. Ele tinha ido de carro até a capital para comprar as empenas e as venezianas pessoalmente. (Ele tinha se recusado a casar antes que a casa estivesse pronta.) Então, agora, depois de tudo isso, ele não ia simplesmente se mudar.

Muitas das pessoas da roça que viviam nos vilarejos ao redor de Ville Rose eram igualmente teimosas. Laurent costumava organizar reuniões na loja com as pessoas da roça que viviam rio acima e rio abaixo deles, acautelando-as das enchentes do rio como reação à ausência de árvores, à erosão da terra e à morte da camada superior do solo.

"O que quer que a gente faça, *Msye* Lavaud?", eles lhe perguntavam em resposta. "Se você ajudar a encontrar algo para substituir a madeira que a gente precisa para fazer carvão, a gente para."

Às vezes, nas tentativas de Laurent de fazer os aldeões pararem de derrubar árvores, ele apelava à mais baixa das metáforas, às súplicas mais melodramáticas.

"É como matar uma criança", ele dizia.

"Se eu tiver que matar uma árvore para salvar meu filho", eles respondiam, "é o que vou fazer, *sou de chèz*."

E agora, por causa das necessidades da cidade e dos aldeões, a casa dos sonhos do marido dela logo poderia ficar embaixo da água. Ela e Laurent poderiam acordar no meio da noite flutuando na cama, poderiam ter que subir no telhado para esperar a corrente amainar. Ponderando em silêncio a respeito de tudo isso, Gaëlle colocou a mão na parte de trás do quadril que só fazia crescer. Será que ela teria que dar à luz em cima de uma árvore?

"É terrível", Claire Narcis declarou num brado para que pudesse ser ouvida por cima dos outros e por cima das marteladas da chuva. "Com tanto calor e tanta chuva neste ano, ou vamos derreter, ou vamos ser levados embora", ela completou como se estivesse interpretando cada camada de preocupação no rosto de Gaëlle.

Gaëlle continuou a medir a encomenda de Claire, adicionando mais alguns metros como *degi*, em agradecimento, e deixando os outros que se abrigavam na loja darem prosseguimento à conversa.

"As pererecas que morreram no começo do ano também não foram bom sinal." Suzanne Boncy, a florista octogenária e Miss

Haiti durante a Segunda Guerra Mundial, era a única que participava da conversa em francês e não em crioulo. Todas as vozes ribombavam, quase ensurdecedoras no pequeno espaço da loja, competindo com a dela.

"Não é tão mau as pererecas terem morrido", Elie, o melhor mecânico de carros da cidade, intrometeu-se. "Certa vez, conheci uma mulher louca. Pegava pererequinhas perto do rio, jogava na boca. Quanto menores e mais coloridas são, mais veneno as pererecas têm dentro delas. A mulher morreu disso, foi o que todos disseram. É melhor para as crianças e para os loucos que não haja pererecas por perto."

Madame Boncy enfiou a mão no bolso lateral de seu vestido cor-de-rosa volumoso e tirou dali um exemplar dobrado do jornal semanal da cidade, de uma folha. Ela apontou para uma reportagem sobre as pererecas mortas e, para aqueles que não eram capazes de ler, explicou o que era a *erpétologie*, como é chamado o campo de estudo de répteis e anfíbios, incluindo as pererecas. O artigo do jornal tinha sido escrito por um herpetologista que viera de Paris a fim de descobrir as razões para a morte das pererecas. De acordo com madame Boncy, o herpetologista tinha afirmado que, segundo seus estudos da condição das carcaças de perereca e das amostras de terra e água que ele tinha colhido do ambiente, e tendo em vista o clima e as temperaturas escaldantes em Ville Rose naquele verão, as pererecas provavelmente tinham morrido de uma doença fúngica causada pelo clima mais quente que o habitual.

A chuva estava amainando, logo o sol brilhava do lado de fora mais uma vez. As pessoas que tinham entrado na loja de tecidos à procura de abrigo agora iam voltando para a rua. Os sinos da Sainte Rose de Lima soaram o meio-dia e os *camions* e outros meios de transporte público voltaram a circular, jogando água enlameada por toda parte.

"*Mèsi*, Claire", Gaëlle disse ao lhe entregar o pacote.

Os olhos de Claire mais uma vez estavam baixos, os ombros, encurvados. "*Fòk nou voye je youn sou lòt*", ela disse antes de sair. "Precisamos cuidar uns dos outros."

As manhãs seguintes foram reluzentes, repletas de fagulhas da luz do sol que, por toda a casa, salpicavam o assoalho de mogno. Esses eram os tipos de manhãs — tranquilas, ensolaradas — que faziam evaporar todos os medos de Gaëlle sobre o que aconteceria com a bebê e até sobre morar no caminho de águas perigosas.

Numa daquelas manhãs, algumas semanas mais tarde, Gaëlle tinha planos de trabalhar com Laurent na loja durante o dia e ele estava a sua espera no carro. Ela detestava vestir batas, mas, naquele estágio, não tinha escolha.

O assento do carona tinha ficado pequeno para ela com o crescimento de sua barriga. Apesar de Laurent já estar no carro, olhando pensativo para o caminho de pedras que levava à estrada, a porta do lado do carona estava trancada. Antes de engravidar, ela podia pular por cima da porta, mas já não era capaz de fazer isso.

Ele destrancou a porta, então estendeu a mão e a ajudou a encaixar seu corpo no assento. Ele tornou a estender a mão e a pousou no colo dela, dando tapinhas de leve, como era seu hábito, como que seguindo um ritmo.

Antes que ele tivesse a oportunidade de colocar a chave na ignição, ela disse: "Quero que a bebê se chame Rose".

"Em homenagem a Sò Rose?", ele perguntou.

Ela assentiu.

Sò Rose, ancestral direta de Gaëlle, era a mulher de cor livre, a *affranchie* rica, que tinha fundado a cidade depois da partida de Pauline Bonaparte. A própria Sò Rose tinha recebido esse nome de sua mãe escrava e de seu pai francês em homenagem a Sainte Rose de Lima, a padroeira da região Sul.

Gaëlle queria dizer ao marido que, independentemente de a filha deles estar morta ou viva, ser aleijada ou perfeita, ela sempre amaria a bebê. Ela amava o fato de que essa criança iria conectá-los através do tempo e que nasceria logo durante o primeiro ano de casamento deles. Ela queria que ele soubesse que não suportava a ideia de se separar de sua Rose antes do necessário. Em vez disso, ela disse: "É um bom nome. Rose é um bom nome".

"Mas é bem comum", ele respondeu. "Ela vai dividir esse nome com tanta gente. E, depois, tem a história."

"Uma santa, uma heroína e uma cidade. Não há vergonha num nome assim", ela respondeu. "Vai lhe cair muito bem. É um bom nome."

Em circunstâncias normais, escolher um nome — sobretudo o nome do primeiro filho deles — teria sido uma tarefa gloriosa, uma ocasião para os tipos de discussões agradáveis que as famílias passavam anos comentando. Ele queria esse nome, geralmente se escuta as mães dizerem, e eu queria outro. Eu venci, ou nós chegamos a um acordo. Mas o marido dela não queria nome nenhum nesse caso. Ele concordaria com o que quer que ela propusesse, porque ele tinha certeza, assim como o médico, de que a criança não sobreviveria nem uma hora, muito menos um dia.

"Não fique fora muito tempo hoje à noite", ela disse, e cobriu as mãos dele com as suas em seu colo.

"Você não vai à loja?", ele perguntou.

"*Non*", ela respondeu.

Ela estava sentindo um pouco de câimbra na base da coluna e nas pernas, que se intensificara desde que tinha se acomodado no carro. A bebê estava batendo a cabeça no pulmão e na coluna de Gaëlle, e não parecia que fosse parar em breve. Pelo menos ela ainda estava se mexendo, Gaëlle pensou.

"Precisamos chamar o médico?", ele perguntou.

"Por enquanto não", ela respondeu.

"Tem certeza?"

"Não está tão ruim", ela disse, e ele pareceu acreditar.

"Você vai à estação de rádio depois de fechar a loja?", ela perguntou.

"Amanhã é dia de pagamento", ele disse. "Estão a minha espera."

"Por que não pede para alguém levar o dinheiro?", ela perguntou.

"Não vou demorar", ele disse, e deu um beijo na lateral do seu pescoço. Tinha ficado mais grosso e mais escuro com a proximidade da data prevista para o parto, e parte dela estava ansiosa para vê-lo voltar ao normal de novo: longo e fino com uma leve camada de talco.

Ela pressionou a cabeça contra a dele para que o rosto dele ficasse enterrado em seu pescoço mais um pouco.

"Preciso sair agora se quiser voltar cedo para casa", ele disse, e virou para o outro lado.

Ela abriu a porta e saiu do carro. Ele desceu e correu até o outro lado, ajudou-a a se pôr de pé, já que o peso da bebê a puxava para a frente. Ela se sentiu agradecida por permanecer ereta, depois de ter recusado várias vezes a oferta dele de acompanhá-la até dentro de casa, e observou o marido entrar no carro e dar a partida. Parada ali, observando enquanto ele desaparecia atrás das amendoeiras, ela sentiu os músculos das costas se retesarem. Deu passos lentos e cuidadosos na direção da casa, então se arrastou até a cama. Caiu num sono profundo e exausto que não foi interrompido nem pelas investidas ruidosas ocasionais de Inès ao quarto para se assegurar de que ela estava bem.

Quando Gaëlle acordou, era o meio da tarde e a dor em seu corpo tinha ido embora, então ela resolveu sair para uma caminhada. Um monte de pedras tinha sido trazido por um deslizamento de terra recente, deixando o riacho marrom-escuro. Os frutos de algumas das amendoeiras tinham brotado cedo demais e, em vários lugares, o caminho dela estava bloqueado por galhos grandes.

Gaëlle parou à beira do riacho e tentou imaginá-lo cheio, como tinha sido nos dias melhores, a água cristalina fazendo ondinhas por cima das pedras. Ela imaginou o marido e a si mesma quando eram adolescentes, pulando na água para nadar em tardes de verão com os amigos, jogando água uns nos outros e atrapalhando a correnteza em alguns pontos. Então uma das garoas regulares da tarde começava, uma chuva de sol, ou chuva-fantasma, como o marido dela e os amigos dele — um ou dois anos mais velhos, por isso considerados mais sábios — gostavam de dizer. O demônio estava dando uma surra na mulher e se casando com a filha, diziam. A garoa era ao mesmo tempo as lágrimas da mulher e da filha. O sol era Deus secando as lágrimas delas.

Outra chuva de sol também estava começando naquela tarde quando Gaëlle viu uma minúscula *koki* vermelha alojada entre duas pedras. Era uma perereca bebê, menor que o dedo mindinho dela, e estava estirada de lado, coberta de formigas, suas quatro perninhas rígidas e esticadas para cima, como se tivesse feito algum esforço para rastejar para longe das formigas mas não tivesse conseguido.

Ela se agachou, pegou a perereca e espantou as formigas. Elas se dispersaram enlouquecidas, enquanto outras subiam e desciam por seus braços e a picavam. Não devia fazer muito tempo que as formigas estavam ali, porque a *koki* ainda estava inteira, com os órgãos internos, que ela podia distinguir através da pele, intactos. Sem pensar, ela limpou uma névoa quente do rosto e enfiou a *koki* na boca.

A perereca fedia a mofo e podridão e deu uma sensação escorregadia quando encostou em sua língua. E, embora a *koki* estivesse morta, ela a imaginou se debatendo quando empurrou a cabeça da perereca e permitiu que chegasse a sua garganta. Entre as diversas coisas pavorosas e difíceis ligadas a sua gravidez, depois do veredito horrendo do médico, estava o fato de que ela tinha passado a detestar o cheiro do seu próprio corpo. Na maior parte dos dias, achava que cheirava a latrina. O próprio ar que pairava ao redor dela a enojava. E às vezes, apesar de ter decidido preservá-la, a criança que crescia dentro dela também a repugnava.

Seu corpo tentou resistir à *koki* em sua garganta, sua goela forçando-a de volta, quase fazendo com que vomitasse. Ela engoliu com vigor mais uma vez, forçando-a a descer ainda mais, até que quase pudesse senti-la pousar em algum lugar bem no fundo dela.

Lá estavam, ela pensou, afastando o pensamento da mente. Dois tipos de animais estavam dentro dela, em perigo: sua filha, Rose, e agora aquela perereca. Elas que brigassem para ver quem venceria.

A chuva de sol terminou e o sol brilhou mais forte do que antes quando ela caminhou de volta para casa. Ela então parou de andar e depois também parou de lutar contra a agitação da briga em sua barriga, engolindo com força para diluir o gosto amargo na boca. Quando voltou para casa, estava sorrindo mais do que tinha sorrido havia dias.

"Eu estava quase indo atrás de você", Laurent disse, apressando-se para recebê-la à porta. "Inès me disse que você não estava se sentindo bem. Ela por acaso recomendou chuva?"

Ele tinha um sorriso torto nos lábios. Ela estava feliz por ele estar sorrindo, mas também estava feliz porque ele tinha escutado. Ele tinha voltado para casa cedo, do jeitinho que ela tinha pedido. Quando ele perguntou aonde ela tinha ido, ela respondeu: *"Avec les grenouilles. Par le ruisseau. La douche solaire"*.

Com as pererecas, perto do riacho, quando a chuva de sol começou, tinha sido uma explicação boa o suficiente para ele. Ela precisava caminhar para ajudar a bebê a descer, para facilitar o parto que teria pela frente, possivelmente dali a poucos dias, ela disse. Era por isso que ela de vez em quando ia até o riacho à tarde também. Ele agora compreendia.

"Mas não mais na chuva", ele disse.

"Não era chuva. Era uma chuva de sol", ela disse. Mas ele já não parecia achar que houvesse diferença.

O estômago dela agora tinha se acalmado, ela trocou de bata e, naquela noite, comeu mais de seu mingau de milho no jantar do que tinha comido de qualquer outra coisa em semanas. Ela se surpreendeu com seus próprios picos de energia seguidos por pena de si mesma em todo o decurso de sua gravidez. O mau humor, quase como uma premonição estranha, era normal dadas as circunstâncias, o médico tinha lhe dito quando ela tinha achado difícil acreditar que ela e Laurent também não fossem morrer junto com a bebê.

"Depois que sobrevivermos a isto, independentemente do que acontecer com a bebê, nossos obituários no *La Rosette* vão dizer que morremos depois de uma batalha valente contra uma longa doença", Laurent dizia para tentar reconfortá-la. "Ainda temos muitos bebês dentro de nós."

A noite seguinte, a noite em que a filha de Gaëlle e Laurent, Rose, nasceu, foi uma noite limpa e clara com lua cheia e um céu sem nuvens abarrotado de estrelas. De um lado do quarto de Gaëlle havia um enorme espelho e um abajur, ambos alimentados pelo zumbido alto do gerador da casa. Ao ver seu corpo seminu no espelho ao pé da cama, Gaëlle pensou numa medusa cujo capuz se inflava sobre si mesmo. Colocar o espelho ali foi originalmente ideia dela. Ela queria ver a filha quando saísse de seu corpo. Não queria perder um segundo da possibilidade de olhar para o rosto da filha. Mas, no fim, ela mudou de ideia logo antes de começar a fazer força e, com um gesto, indicou a Inès que pusesse um lençol por cima do espelho, assim como se faria depois de uma morte. Ela também tinha se recusado a mandar chamar o médico ou o marido.

"Eles vão tirar a bebê de mim", ela ficava repetindo. Dobrando o corpo ao meio ao fazer força para expulsar a bebê, Gaëlle se sentia devastada e fraca num segundo e invencível no outro. Pouco depois Inès levou as mãos até o meio das pernas dela e puxou para fora sua filha, Gaëlle cortou o cordão umbilical ela mesma com uma tesoura novinha em folha da loja.

Tanto Gaëlle como Inès choraram com a chegada ligeira da criança, mas sobretudo por sua inesperada perfeição, por ela parecer magnificamente inteira. Ela era gorducha e linda, um turbilhão de cachinhos cobria sua cabeça perfeitamente redonda. Ela soltou um longo lamento quando levou o tapa no traseiro. Os braços dela se agitaram com gosto. Não havia cistos em suas costas nem em nenhum outro lugar de seu corpo.

Ela era perfeita, uma pequena Rose perfeita que, não obstante, se parecia com o pai. Era óbvio que não cresceria para se tornar uma mulher alta ou imponente, mas, pouco depois de o cordão umbilical ser amarrado, seus olhos escuros já estavam abertos, e, quando a mãe a levou ao seio, ela imediatamente abriu a boquinha ainda tinta de sangue e começou a mamar.

Naquela noite estrelada perfeita, Laurent Lavaud não chegou em casa a tempo de conhecer a filha, Rose. Tinha havido um ataque a tiros na Rádio Zòrèy onde, sem saber que a mulher tinha entrado em trabalho de parto, ele tinha parado um minuto para deixar mais um pouco de dinheiro de patrocínio. Os tiros tinham estourado quando Laurent estava saindo da estação; ele foi atingido por três balas no coração e morreu na hora. Mesmo antes de seu corpo esfriar e a poça de sangue embaixo dele ser coberta com pó de calcário, todo mundo imediatamente começou a declarar que o ataque estava relacionado a uma praga nova e urgente em Ville Rose, ainda mais letal do que as pererecas: gangues.

3.
Fantasmas

Bernard Dorien morava em Cité Pendue, uma extensão carente e perigosa de Ville Rose. Algumas pessoas chamavam a área de o primeiro círculo do inferno.

Apesar de sua péssima reputação, Cité Pendue — a quarenta e cinco quilômetros de Port-au-Prince e treze quilômetros do centro de Ville Rose — na verdade não passava de uma favela comum. Afinal de contas, tinha algumas igrejas protestantes, vários templos de vodu, alguns restaurantes e padarias, e até umas poucas lavanderias.

Durante um tempo não houve guerra de gangues, só uma gangue que tinha como quartel-general um antigo galpão de armazém de mantimentos que o punhado de rapazes que o ocupava chamava de Baz Benin. (Os homens de Baz Benin davam uns aos outros apelidos da realeza núbia, que também por acaso sugeriam atos ameaçadores em crioulo — Piye, por exemplo, que significava "pilhar"; Tiye, que significava "matar".)

Os pais de Bernard eram donos de restaurante em Cité Pendue. Tinham na rua calçada com seixos um quintal um pouco maior do que a maioria dos vizinhos, então cercaram a área com metal corrugado e ali serviam ao menos trinta clientes por noite, mais se a rotatividade fosse rápida. No centro do estabelecimento havia quatro mesas de madeira compridas espalhadas sob um fio com lâmpadas a gerador. Vendiam arroz e feijão, bananas-da-terra e curau, mas a especialidade era carne de pombo na grelha.

O lugar se chamava Bè, o apelido que os pais de Bernard tinham lhe dado. Bè também significava "manteiga", e a mãe de Bernard gostava de dizer, quando lhe perguntavam como estava, que estava tirando manteiga de água — *m ap bat dlo pou m fè bè* —, o que significava que ela sempre buscava fazer o impossível, tentando tirar algo de valor de muito pouco ou de nada.

Os pais de Bernard tinham se mudado para Cité Pendue vindos de um vilarejo nas montanhas num período em que Cité Pendue era usada pela maioria das pessoas da roça como estadia temporária enquanto seus filhos terminavam o ensino fundamental. Mas, à medida que as árvores na província delas e nas outras desapareciam na forma de carvão e as montanhas despencavam e se desfaziam, indo embora a tão necessária camada superior fértil do solo, os Dorien permaneceram em Cité Pendue, assim como seus vizinhos, e criaram o filho — e centenas de pombos que, ao longo dos anos, venderam tanto vivos como mortos, para criação ou alimento.

A maioria de seus clientes a certa altura tinha sido de rapazes agitados que queriam executar um ritual de Cité Pendue antes de sua primeira relação sexual. Cortavam a garganta de um pombo novo e deixavam o sangue escorrer numa mistura de leite condensado da marca Carnation e uma bebida maltada gasosa chamada Malta. Às vezes, eram acompanhados pelo pai, que, depois de o filho ter tapado o nariz e engolido a bebida à força, dava risada e dizia, enquanto o corpo sem cabeça do pombo rodopiava no chão: "Tenho pena dessa moça".

Era um ritual que os pais de Bernard não aprovavam. Mas, para cada ave que era morta desse modo, eles recebiam o suficiente para criar outras. Eles se lembravam com pesar do tempo em que as pessoas os procuravam para comprar pombos para corrida, ou para treinar como pombos-correios, ou para serem os bichos de estimação dos filhos pequenos. Então começaram a sentir falta dos tempos dos pais e filhos, porque de repente os clientes eram rapazes corpulentos que se juntavam em algo que no começo era chamado de "organização popular", e depois, de gangue.

Os integrantes das gangues também eram chamados de *chimè*, quimeras ou fantasmas, e eram, em sua maior parte, crianças de rua que não se lembravam de algum dia ter morado numa casa, meninos cujos pais tinham sido assassinados ou que tinham sucumbido a alguma doença fatal, deixando-os sozinhos no mundo. Mais tarde, a esses rapazes se juntaram homens mais velhos da vizinhança. Esses homens mais velhos tinham "conexões" — quer dizer, empresários ambiciosos e também políticos locais que os usavam para aumentar as fileiras das manifestações políticas, davam-lhes armas para atirar quando uma crise se fazia necessária e as recolhiam quando se exigia calma.

Às vezes, antes de uma dessas manifestações, tantos homens chegavam atrás da mistura de leite-Malta-sangue-de-pombo que os pais de Bernard tinham vontade de fechar para sempre o negócio de matar pombos. Então, um dia, finalmente fecharam.

Ainda assim, com o dinheiro que tinham ganhado com os pombos, os Dorien conseguiram expandir o cardápio. Compraram a casa vizinha à deles, aquela anexa ao galpão Baz Benin, e adicionaram mais algumas mesas para servir a sua clientela crescente. O pai de Bernard também comprou um pequeno *camion* que usava para ir e voltar entre Cité Pendue e Ville Rose todo dia, cheio de gente e às vezes de animais de criação. Mas ele sempre estava no restaurante nos horários de maior movimento, entre nove da noite e uma da manhã, quando os integrantes das gangues, muitos deles responsáveis por trazer o tráfico de drogas da capital, ocupavam a maior parte do estabelecimento. Ao observar aqueles meninos passarem de meros vendedores a usuários ocasionais daquilo que gostavam de chamar de *poud blan*, o pó do homem branco, ao observar aqueles meninos se tornarem irreconhecíveis para qualquer um à exceção de si próprios, os pais de Bernard se sentiam enojados e temerosos. Mas, mesmo assim, mantinham o lugar aberto, porque a mesma degradação que estava destruindo Cité Pendue permitia que eles prosperassem, que mandassem seu filho para a escola com os herdeiros e as herdeiras da minúscula classe média de Ville Rose, para fazer contatos que um dia pudessem ajudá-lo a conseguir um bom emprego ou encontrar um par decente para casar.

Para ficar fora das gangues, Bernard tinha entrado para a força policial nacional regular (não as Forças Especiais). Apesar de ele ter apenas vinte anos de idade, ser mirrado e possuir a característica familiar notável da cabeça de tamanho desproporcional que lhe valera o apelido de Tèt Veritab, Cabeça de Fruta-Pão, a academia de polícia em Port-au-Prince o aceitara. Mas Bernard tinha descoberto que, embora seu treinamento se desse na capital, ele não podia ser um policial novato e ao mesmo tempo fazer os pais sobreviverem em Cité Pendue. Cada vez que um integrante de uma gangue era preso em Cité Pendue, Bernard era culpado pelo acontecido, o que punha em perigo a vida dos pais. Mais do que isso, seus pais sentiam uma tristeza enorme por ele ter partido. A mãe lhe dizia, toda vez que se falavam por telefone, como queria que ele voltasse para casa. Foi seu primeiro ataque de asma quase fatal depois de um longo período — ele sofria com a doença desde pequeno — que fez a academia de polícia dispensá-lo durante uma sessão de treinamento especialmente pesada. Mas, enquanto esteve em Port-au-Prince, passando horas sem fim no trânsito, em riquixás, ônibus comunitários e táxis, ele tinha se apaixonado pelo rádio, sobretudo pelo noticiário e pelos comentaristas, pelos programas com participação dos ouvintes e pelos de entrevistas, que pareciam emanar de todas as casas, carros, comércios de esquina ou lojas. E agora, em todo o tempo em que não estava ajudando no restaurante dos pais, Bernard trabalhava como redator de notícias com salário modesto na única estação de rádio de Ville Rose, a Rádio Zòrèy.

Por ter sido criado em Cité Pendue e ter visto muitas das mudanças em primeira mão, Bernard imaginava a si mesmo transformado no tipo de jornalista de rádio que falaria a respeito do que preferia chamar de *geto*, de dentro. Uma ideia lhe veio certa noite, quando ia da pequena cozinha de blocos de concreto dos pais, que eles tinham construído perto da rua para atrair com cheiros apetitosos os passantes, à mesa onde Tiye, um líder de gangue de um braço só, consumia cerveja e um enorme charuto. Tiye estava usando seu braço artificial feito de uma combinação de aço e plástico embaixo de uma camisa de manga comprida azul-pavão e erguia e baixava a cerveja até a boca habilmente com os ganchos de metal reluzentes da prótese. Rodeado por três "tenentes" ávidos, Tiye estava rindo tanto da ocasião em que tinha dado um tapa num homem, quando ainda tinha os dois braços — ensanduichando a cabeça do sujeito com dois tapas nos ouvidos —, que teve de enxugar lágrimas das bochechas. Bernard, escutando tudo, desejou ter uma câmera de vídeo, ou ao menos um gravador. Ele queria que o resto de Cité Pendue, o resto de Ville Rose, o resto do país soubesse o que fazia homens que tinham a mesma idade que ele, homens que moravam no mesmo lugar que ele, homens como Tiye, chorar.

Não podemos avançar como bairro, como cidade nem como país — ele pensava enquanto servia mais uma rodada de cerveja a Tiye e seus amigos — a menos que saibamos o que faz esses homens chorar. Eles não podem continuar sendo *chimè*, quimeras, espectros ou fantasmas para nós para sempre. Seu programa na Rádio Zòrèy, se algum dia lhe dessem um, iria se chamar *Chimè*, ou *Fantasmas*.

Sua única concorrência viável na estação seria um programa semanal de sucesso chamado *Di Mwen*, ou *Conta pra Mim*, um programa semanal de entrevistas e fofocas, apresentado por uma mulher de voz rouca chamada Louise George. Assim como *Di Mwen* tinha sido no começo, *Fantasmas* seria controverso, mas logo gente de toda Ville Rose iria sintonizar no programa — Bernard estava certo disso. Uma espécie de voyeurismo doentio faria com que continuassem escutando, toda semana, todo mês, fosse qual fosse a regularidade que tivesse. As pessoas reorganizariam seus afazeres em torno dele. Não poderiam deixar de conversar sobre ele. O que os homens e as mulheres do *geto* estão aprontando agora?, os ouvintes se perguntariam. Seriam incentivados a pensar em formas de mitigar o problema das gangues. Também participariam do programa psicólogos, especialistas em comportamento humano e urbanistas.

Max Ardin Filho, que era amigo de Bernard e apresentador de um programa de rap na estação, gostou da proposta de Bernard. Mas também ficou em dúvida. Apesar de só ter dezenove anos e de ter conseguido o emprego por meio das conexões do pai, Max Filho conhecia muito bem o negócio do rádio. Além do mais, Bernard confiava nele.

"Estou entendendo tudo que você diz, mas a diretoria não vai comprar a ideia", Max Filho disse quando estava na companhia de Bernard certa tarde, enquanto Bernard datilografava sem parar numa máquina de escrever elétrica antiga na ponta de uma mesa comprida na redação. "Quem vai patrocinar um programa assim?"

"O governo devia patrocinar", Bernard disse enquanto reescrevia em crioulo corriqueiro as notícias do dia vindas das agências para o locutor ler no ar. "Estaríamos oferecendo um serviço público."

"Você devia apresentar a ideia para o seu chefe", Max Filho disse. "Mas aposto que ele vai ter medo demais para aceitar."

Bem como o amigo previu, o programa de Bernard não foi escolhido, pelo menos não com o envolvimento dele. Mas, algumas semanas depois, enquanto datilografava o roteiro do noticiário daquela tarde, Bernard ouviu a gravação de um programa chamado *Homme à Homme*, ou *Homem a Homem*. O programa, anunciou o apresentador, um ex-coronel do exército, iria consistir em conversas no estúdio entre integrantes de gangues e empresários de Cité Pendue e Ville Rose.

"Eles vão discutir suas diferenças", ele ouviu o coronel dizer, "com a ajuda de um mediador experiente."

O primeiro programa fez exatamente isso, juntando um proprietário de fábrica de gelo, cuja instalação foi invadida ao menos uma vez por mês durante mais de um ano, e outro líder de gangue de Cité Pendue, rival de Tiye, que era suspeito de ter vandalizado a fábrica.

"O que você esperava?", o integrante de gangue disse ao comerciante de gelo. "Você está aí se refrescando com todo esse gelo enquanto nós estamos aqui fervendo no inferno."

A mediadora, uma psicóloga que tinha sido convidada a vir de Port-au-Prince à estação, então sugeriu o óbvio, que o empresário encontrasse alguma maneira de dividir seu gelo, vendesse a preço mais baixo às pessoas que moravam perto de sua fábrica, e que o líder de gangue respeitasse a propriedade dos outros.

Pior ainda, Bernard foi forçado a escutar o programa inteiro de novo no rádio que a mãe dele de vez em quando ligava no restaurante enquanto servia bebidas a Tiye e sua turma, entre outros. Tiye e seus amigos sabiam da proposta de Bernard para o programa — ele os tinha abordado como possíveis convidados — e, enquanto ele lhes servia as cervejas, caçoaram dele. "Ei, cara, roubaram a sua ideia!"

Alguns tentaram segurar Bernard quando ele pôs as garrafas na mesa — como que para arrancar a raiva que eles sabiam estar borbulhando dentro dele. Quanto mais eles riam, mais irritado ele ficava. Tiye ainda estava rindo quando disse: "Bernard, velho, aquele programa é *kaka*. Eu devia achar todos eles e arrebentar eles".

"É isso aí", Piye, o segundo-tenente de Tiye, se intrometeu na conversa.

"Bernard", outro disse. "Você devia arrebentar o cara que roubou o seu programa."

Foi bem aí que a mãe de Bernard o chamou para a cozinha, para pegar mais cervejas, ele pensou. Mas, em cima da geladeira velha em que ficavam as bebidas, estava o bem pessoal mais luxuoso da mãe, um antigo telefone de discar. Seu amigo Max Filho estava na linha.

Ele achou que Max Filho estivesse ligando para falar sobre o programa, mas, em vez disso, ele disse: "Estou ligando para me despedir, cara. O merda do meu pai vai me mandar para Miami".

"Mesmo?", Bernard disse, ao mesmo tempo incrédulo e triste. "Quando você volta?"

"Não sei", o amigo respondeu.

"Quem vai apresentar o seu programa depois que você for embora?", Bernard perguntou.

"Não sei dizer", Max Filho respondeu.

"Talvez eu possa substituir você", Bernard disse.

"Talvez", Max Filho disse, então completou: "Cara, roubaram a sua ideia."

"Na verdade, *Homme à Homme* não é o programa que eu queria fazer", Bernard disse, tentando conter a tristeza pela partida do amigo e pelo programa. "Eu queria algo mais à flor da pele. Algo mais pessoal."

Tiye e seu bando gritavam um bordão da mesa deles: "*Kraze bouda yo! Kraze bouda yo!* Arrebenta eles! Arrebenta eles!". A voz deles era tão alta que Bernard mal conseguia escutar Max Filho.

"Eu ligo para você de Miami", Max Filho disse.

Depois que desligou, Bernard ficou ali em pé, com a cabeça encostada na parede de concreto, e esperou até que Tiye e seu pessoal fossem embora para retornar às mesas. A mãe dele e as moças da vizinhança que ela tinha contratado chegaram logo depois para lavar a louça suja. A expressão severa da sua mãe nunca mudava. Era como se o calor da cozinha a tivesse derretido e selado. Ele pensou, cheio de tristeza, que, mesmo que ela não trabalhasse mais pelo resto da vida, qualquer beleza que um dia ela pudesse ter tido, quando era jovem e não cozinhava todo dia para dezenas de pessoas, jamais retornaria.

Ele convenceu a mãe a ir dormir um pouco mais cedo que o normal antes de ir ele mesmo para a cama. No quarto dele, onde tinha pintado as paredes e o teto de vermelho vivo quando era adolescente, ele sentiu no fundo das entranhas a despedida repentina de Max Filho e a perda do programa. Agora seria muito mais difícil apresentar sua ideia para outra estação de rádio na capital ou em algum outro lugar. Os programadores sempre poderiam dizer: "Mas *Homme à Homme* já está no ar. Não queremos dar tanta visibilidade a esses bandidos". Ele caiu no sono pensando que teria de redefinir sua ideia, aprimorá-la, acrescentar música. Quando voltasse de Miami, Max Filho poderia ajudá-lo com isso. Poderiam tocar hip-hop com influência de reggae, como Max Filho tocava em seu programa, enquanto Bernard deixaria os vizinhos falarem entre as músicas.

Bernard ainda estava dormindo na manhã seguinte quando uma dezena de policiais das Forças Especiais, todos vestidos de preto e com o rosto coberto por balaclavas, derrubaram o portão da frente da casa dos pais dele, subiram até seu quarto e o arrancaram da cama. Ele foi jogado na traseira de uma picape ainda enquanto a mãe berrava incontrolavelmente e o pai gritava que aquilo era uma injustiça enorme.

Quando chegaram à delegacia mais próxima, uma pequena aglomeração de jornalistas de imprensa, TV e rádio, entre eles seu chefe, estava a sua espera. Na noite anterior, a porta-voz da polícia, uma mulher de fala estridente, explicou que tinha acontecido um ataque a tiros na Rádio Zòrèy. Quatro homens armados com M16s e metralhadoras tinham sido vistos saindo de um SUV. Tinham atirado contra os portões da frente do prédio de dois andares e matado Laurent "Lolo" Lavaud, proprietário de uma loja de tecidos e patrocinador muito generoso da Rádio Zòrèy. A polícia tinha prendido Tiye, o famoso líder de Baz Benin. Tiye tinha apontado Bernard como *auteur intellectuel*, idealizador do crime, a pessoa que tinha mandado que ele e seus homens executassem o serviço. Bernard não recebeu permissão para falar. Ele só ficou lá feito um acessório ameaçador, rodeado pela equipe encapuzada da polícia, com os pulsos algemados nas costas, enquanto os mesmos flashes espocavam repetidas vezes, a luz de uma câmera de vídeo lhe perfurava os olhos e perguntas eram gritadas a seus acusadores.

A saleta aonde Bernard foi levado para ser interrogado, que mais parecia um caixote, era estreita e quente, e um fedor de vômito fresco pairava no ar. Além da cadeira de metal que rangia, na qual ele foi colocado com as mãos ainda algemadas às costas, a sala tinha piso de cimento e uma caixa de luz no teto emitindo raios tremeluzentes que atravessavam o pano preto que um dos policiais colocara sobre os olhos de Bernard.

Durante o interrogatório da polícia, Bernard recebeu vários golpes na parte de trás da cabeça. Isso fez com que ele se lembrasse da descrição de Tiye dos tapas com as duas mãos que ele tinha dado nos homens que no passado foram atingidos pelo braço perdido dele.

"Você conhece o Tiye?" Por causa da venda, que também lhe cobria as orelhas, muitas das vozes soavam distantes e distorcidas, até que alguns dos policiais chegavam com a boca mais perto dos ouvidos dele e começavam a gritar tão alto que ele ficava achando que seus tímpanos iam estourar. Um deles soprou fumaça em seu rosto. Em seu curto treinamento policial, Bernard ainda não tinha tido aulas sobre métodos de interrogatório. Será que aqueles métodos é que teriam sido abordados?, foi o que ele ficou se perguntando com amargor.

"*Wi*", Bernard respondeu, tossindo. "Eu conheço o Tiye." Os pulmões dele pareciam estar se contraindo de um jeito novo, como se nunca mais fossem voltar a se expandir. A constrição expulsou pedaços do jantar da véspera em cima da blusa de pijama que vestia e, quando ele recebeu permissão para inclinar o pescoço, no seu colo.

"Como conheceu o Tiye?" As perguntas prosseguiam, às vezes saídas de duas ou três bocas que berravam nas orelhas dele num coro ensurdecedor.

"Mora no meu bairro... Ele vai... Ele come no restaurante dos meus pais...", Bernard gaguejou.

"Você é o bonzão, hein? Seus pais têm um restaurante na favela. Estou com fome agora. Me dá comida. Me dá comida", um dos policiais berrou.

Os outros davam risada, apesar de Bernard estar soluçando. Para seu ouvido que agora queimava, não havia diferença entre a risada deles, as provocações deles e as de Tiye e sua turma. Podiam ter trocado de lugar e ninguém teria notado.

"Quanto você pagou para a turma de Baz Benin atirar na rádio?", outro policial berrou.

"Nada... eu..."

"Então, fizeram de graça?"

"*Non...*"

"Você pagou?"

"*Non...*"

"Qual dos dois?"

"Não estou envolvido..."

"Você fez treinamento policial por um tempo, não fez? Então, como pode ter se tornado um bandido poderoso?"

Jogaram água gelada no rosto dele e riram mais um pouco. Em pânico, ele tentou se levantar da cadeira, mas alguém o empurrou de novo para baixo. Com a fumaça e o vômito e a água gelada, ele se sentia como se estivesse se afogando.

Depois do interrogatório, Bernard foi deixado sozinho na cela úmida, ainda vendado e algemado. Naquela tarde, a mãe e o pai dele fizeram uma visita. Tiveram permissão para remover a faixa de seus olhos antes de se ajoelharem no chão para chegar mais perto dele. A mãe chorava em silêncio por cima do seu corpo, que estava encolhido em posição fetal.

"Bè, você seria capaz de fazer uma coisa dessas?", o pai perguntou. O pai de Bernard pareceu ao mesmo tempo preocupado e rígido, e ainda mais perturbado por estar repreendendo o filho. Um velho tique facial, os olhos piscando rápido e a boca se contorcendo num movimento involuntário, tinha retornado ao rosto do pai de Bernard. Fazia tanto tempo que Bernard não via aquilo que quase tinha esquecido.

Bernard balançou a cabeça para dizer que não.

"Eu não fiz nada, *papa*", ele disse com a garganta doendo ao sentir o gosto dos pedaços de vômito que ainda estavam em sua boca. Ele sabia que o pai precisava da negação dele para prosseguir com toda a força em sua luta.

A mãe enfiou a mão no sutiã e lhe entregou um inalador. "Bè", a mãe disse, sem fôlego, como se ela mesma estivesse tendo um ataque, "tivemos que pagar mais para trazer isto para você."

"Não estão me espancando tanto", ele murmurou. "Pelo menos, não por enquanto. Podem ver, não estou sangrando."

A mãe ergueu a blusa de pijama imunda dele, coberta de vômito e suor, em busca de cortes, ferimentos.

"A advogada que conseguimos para você", o pai disse, "o primo dela é magistrado. Ela disse que vai fazer as coisas andarem rápido, a seu favor." De algum modo, a boca do pai dele agora permaneceu como um traço controlado. "Talvez você tenha que ir para a *pénitencier* em Port-au-Prince até conseguirmos soltar você."

Eles tinham conversado com o segundo-tenente de Tiye, Piye, algumas horas antes, o pai lhe disse. O pai tinha dito a Piye que Bernard jamais teria pedido a Tiye que matasse alguém. Piye tinha dito aos pais dele que permanecessem calmos. O caso era um *lamayòt*, um vapor, ele disse. Nada ia colar. Espere mais algumas horas. Deixe esfriar.

Com a ajuda do pai, Bernard se levantou. Tinham ligado para seu colega da rádio e amigo Max Filho?, ele perguntou. Max Filho iria viajar para Miami, mas talvez ainda não tivesse partido. Talvez ele tivesse alguns contatos úteis.

Ele tinha tentado falar com Max Filho na casa dele, o pai disse, mas foi informado pelo pai de Max que o filho tinha saído do país.

Bernard levou as mãos ao rosto e começou a soluçar. Nem o pai nem a mãe conseguiam se lembrar de vê-lo chorar assim antes, não depois de adulto. O corpo dele estremecia enquanto a desesperança ia se instalando. Apesar do abraço dos pais, ele se sentia abandonado e sozinho.

Mas acontece que, de fato, as coisas iam se resolver com rapidez. Mais ou menos uma hora depois de os pais dele se retirarem, um magistrado de vestes negras entrou na cela de Bernard — uma exceção ao fato de ele ter que se apresentar perante um juiz semanas, meses ou até anos depois de ser posto na prisão — e o informou das acusações feitas contra ele. Não era considerado apenas o mentor do ataque a tiros à estação de rádio, mas também um policial novato vira-casaca. Bernard temia que fosse apodrecer numa cela superlotada na *pénitencier* na capital ou que fossem dar um sumiço nele antes mesmo de chegar lá. Começou a imaginar maneiras de fazer sua história ser contada. Escreveria algo para a rádio, para a Rádio Zòrèy. Mas será que as pessoas que trabalhavam na Rádio Zòrèy e as pessoas que escutavam a programação iam mesmo querer saber o lado dele da história?

Naquela mesma noite, na cela de interrogatório, depois de ter dormido sem jantar, quando Bernard estava lá deitado com o rosto pressionado contra uma depressão especialmente gelada e oca no chão, ele viu uma fileira de botas pretas lustrosas marchar na sua direção. Foi vendado mais uma vez, então jogado no que parecia ser o banco de trás de um carro. Foi empurrado para fora na rua, na frente do restaurante dos pais, ainda vendado, por volta das dez horas.

Depois de ter sido preso, Tiye tinha feito um acordo. Como líder de Baz Benin, Tiye sabia da ligação suja de todo mundo com drogas, do policial mais irrelevante de Cité Pendue a alguns dos juízes da área. E agora ele tinha falado com a polícia e trocado sua montanha de registros, incluindo registros de depósitos bancários de propinas, pela sua própria liberdade e pela de Bernard.

Mais tarde naquela mesma noite, banhado e limpo, Bernard estava deitado na cama em seu quarto vermelho, olhando para o teto cor de carmim. Tinha ligado para a casa de Max Filho e pedido para falar com ele, mas, depois que disse seu nome, o pai de Max Filho — Max Pai — tinha batido o telefone na cara dele. Foi quando começou a escrever.

Sim, ele escreveria algo para a rádio, um relato que incluiria todos os detalhes da experiência que tinha acabado de viver. Faria de modo que fosse resumido e rápido, como uma história contada sem fôlego, mas como ele não teria mais seu próprio programa de rádio, nem substituiria Max Filho, pediria a outra pessoa que narrasse para ele. Conseguiria, se fosse capaz de convencê-la, fazer com que Louise George, a apresentadora de *Di Mwen*, lesse a história dele no ar. Ele imaginava que ela não entrevistaria mais ninguém na semana em que lesse o relato. A história dele, lida no ritmo cadenciado, mas com a voz rouca e passional que era a marca registrada dela, iria, junto com as diversas vinhetas de patrocínio e anúncios comerciais que só ela era capaz de conseguir, preencher a hora toda do programa. O chefe dela, o dono da estação, provavelmente não iria querer que ela fizesse isso, mas, ousada como sempre, ela ameaçaria pedir demissão se ele a impedisse, e como o programa dela era o que mais fazia sucesso na Rádio Zòrèy, sua vontade prevaleceria. Ela iria começar o programa como sempre naquela noite, como se ele de fato estivesse sentado na sua frente no estúdio, na estação de rádio, onde certamente estava proibido de entrar agora.

"Conta pra mim, Bernard Dorien", ela diria à cadeira vazia no estúdio. "Precisamos ouvir a sua história." Então ela leria a história e explicaria por que ele não estaria presente para lhes falar diretamente sobre sua experiência.

Mas não demorou para os pais interromperem sua escrita e suas fantasias. Ficaram pairando acima dele, debruçando-se na cama enquanto a mãe lhe dava uma xícara de chá de verbena para acalmar ainda mais seus nervos.

Apesar de a mãe não ter cozinhado, para tentar fazer com que os clientes desistissem de aparecer, algumas pessoas ainda assim tinham passado lá para beber e expressar seu alívio e para oferecer seus cumprimentos pela sua soltura. Os pais também tinham ido a seu quarto para dizer que *Msye* Tiye estava no andar de baixo e queria falar com ele.

Bernard devolveu a xícara ainda cheia à mãe, então levantou a ponta do colchão e pôs o caderno ali embaixo, nas molas de metal.

"Já desço", ele disse.

"Não demore", a mãe disse, como se ele fosse se atrasar para a escola.

Os pais saíram como deviam sair, um atrás do outro, com o corpo tenso por mais uma camada de preocupação.

No quintal, Tiye e os tenentes já estavam acomodados a uma mesa com bebidas.

"Não precisam pagar hoje", o pai de Bernard disse antes de se juntar à mãe dele na cozinha.

Tiye estava acompanhado por alguns sujeitos a mais para proteção extra. Esses homens escutavam com atenção redobrada enquanto Tiye descrevia um pouco das coisas por que tinha passado. "Achei que iam me detonar mesmo", ele ia dizendo. "De verdade."

Bernard ouvia a voz lenta e severa de Tiye ficando cada vez mais alta, batucando bem no fundo da cabeça, igual à voz dos policiais, enquanto se dirigia à mesa de Tiye.

Tiye disse: "Vocês sabem muito bem, às vezes eles levam os caras para Port-au-Prince e a gente nunca mais ouve falar deles. Ou, então, espancam a gente até não poder mais. Então, é, eu achei que era meu fim, *fini*".

Ele falou tudo isso como quem não quer nada, quase como se fosse um fato da vida, com uma espécie de tom divertido para indicar que, se isso tivesse acontecido, não seria nada demais. Era assim que Tiye e o pessoal dele encaravam o inevitável, Bernard pensou.

Ao atravessar o pátio com as pernas bambas, Bernard se deu conta de que aquilo tudo era um jogo para Tiye. Ele tinha entregado Bernard e depois o tinha salvado, e agora estava dando um pouco de risada e tomando algumas cervejas. Aquilo para ele era só mais um dia de trabalho. Ainda assim, Bernard não conseguia se livrar da sensação de que, um dia, todos eles seriam mortos a tiros. Igual ao dono da loja de tecidos Laurent Lavaud e igual à maioria dos rapazes que moravam nas favelas. Um dia, poderia ocorrer a alguém, alguém com raiva e poder, uma pessoa maníaca — um delegado de polícia ou um líder de gangue ou um líder da nação — que seria melhor se eles e todos que viviam perto deles ou como eles estivessem mortos.

Bernard foi até a mesa de Tiye e estendeu a mão para ele. Tiye bateu o punho fechado no peito, perto do coração, para cumprimentá-lo. Tiye disse: "Sem ressentimentos?". Então Bernard reparou que as gengivas de Tiye estavam tão vermelhas quanto as paredes de seu quarto, como se ele tivesse uma infecção perpétua ou como se tivesse comido carne crua.

"Eles espancaram você?", Tiye perguntou a Bernard.

"Não foi assim tão mau", Bernard respondeu.

Tiye não estava usando sua prótese de braço e a manga da camisa pendia frouxa. Com a mão boa, ele fez um gesto para o sujeito que estava sentado a seu lado se levantar para que Bernard pudesse se sentar.

Bernard examinou com mais atenção o espaço em que o braço de Tiye teria estado. Achou ter visto algo branco, como se houvesse uma protuberância de um pedaço de osso por baixo da pele coberta de cicatrizes. Inclinou a cabeça para enxergar melhor sem dar na vista ao mesmo tempo. Durante a fração de um momento, Bernard examinou seu próprio corpo para ver se algo dele não estava mais lá.

O restaurante estava mais cheio que o normal para o horário. Por cima do alarido de vozes que pediam bebida, Bernard escutava pessoas perguntando a seus pais se era verdade que ele tinha sido solto, então passavam pela mesa onde ele estava sentado na companhia de Tiye para ver por conta própria. Algumas pessoas até apertavam sua mão, umas poucas mulheres lhe davam um beijo na bochecha.

Ele agora tinha se transformado numa espécie de herói do povo, alguém que tinha visto as entranhas do inferno e retornado.

Ele agora se imaginava dando início a seu próprio programa de rádio com um comentário sobre partes do corpo perdidas. Não apenas a de Tiye, mas de outras pessoas também. Ele abriria *Chimè* com uma conversa a respeito de quantas pessoas em Cité Pendue tinham perdido braços, pernas ou mãos. Passaria de partes do corpo a almas — ao número de pessoas que tinham perdido irmãos, pais e mães, filhos, amigos. Esses eram os verdadeiros fantasmas, ele diria, os membros-fantasma. As mentes-fantasma, os amores-fantasma que assombravam a todos porque eram usados, depois abandonados, porque não tinham escolha, porque eram pobres.

Estava chegando a hora de fechar. A mãe dele levou as últimas cervejas à mesa. Evitou seus olhos ao erguer as garrafas da bandeja e pôr na mesa. Bernard esperou até que ela retornasse à cozinha para erguer sua bebida na direção de Tiye e fazer um brinde batendo o alto de sua garrafa contra a dele. A garrafa de Tiye bateu na sua com força. Bernard enxergou uma breve fagulha; a parte de cima de sua garrafa se despedaçou e deixou uma ponta afiada no vidro. Um caco pousou na mesa com a cerveja derramada; outro caiu no chão de terra.

Tiye deu risada, uma risada ruidosa e assombrosa que lembrou a Bernard os policiais na prisão, uma risada que deixou à mostra suas gengivas carmim enquanto ele apontava a garrafa de cerveja na direção de Bernard. "Se você for fazer um programinha na rádio", ele disse, "não pode ser uma besteira *homo masisi* qualquer igual àquele *Homme à Homme*. Precisa ser real."

Tiye parou de rir e então encheu a boca de cerveja, boche-chando com muito barulho, como se estivesse fazendo um gargarejo.

"Não se preocupe", ele disse a Bernard, mas também pare-ceu que falava consigo mesmo. "Enquanto eu estiver aqui, não vai acontecer nada conosco hoje à noite."

Na manhã seguinte, Bernard Dorien foi encontrado morto na cama de seu quarto vermelho. Tinha sido assassinado como Laurent Lavaud, o dono da loja de tecidos, com três balas cer-teiras e, no caso de Bernard, silenciosas, disparadas contra o coração.

O restaurante já estava aberto para o café da manhã quando os pais o encontraram, então as moças do bairro continuaram servindo a comida que tinham preparado quando um magis-trado de Cité Pendue e um procurador antigangue chegaram para redigir seus relatórios.

"Olho por olho. Mais um bandido foi apagado da face desta terra", começou o boletim de notícias matinais da Rádio Zò-rèy. Era um texto que, se ainda estivesse vivo e trabalhando lá, Bernard Dorien poderia ter sido escalado para escrever.

4.
Lar

A namorada de Max Ardin Filho estava desaparecida. Mais ou menos uma centena de convidados enchiam a sala de estar ampla e circular do pai dele; as pessoas tinham ido até lá para cumprimentá-lo em sua primeira noite de sua primeira visita em dez anos à cidade natal.

No telefone, de Miami, Max Filho tinha dito ao pai, Max Pai, que levaria uma moça para casa.

"Que tipo de moça ela é?", Max Pai tinha perguntado.

"É só uma moça", Max Filho tinha respondido.

"De que família?", Max Pai insistiu, na esperança de que o filho fosse entregar o sobrenome de alguém do círculo deles, de Miami ou da capital ou de alguma outra cidade respeitável. Mas, em vez disso, Max Filho tinha respondido em tom de piada: "Da família humana", o que fez seu pai confessar ter medo de que Max Filho fosse trazer para casa uma estrangeira pobre.

"Ela é haitiana e sabe onde fica Ville Rose", Max Filho disse na tentativa de consolar o pai.

"*Mon Dieu.*" Max Pai fingiu engasgar, então deu risada. "Uma pobre *blan* que também é haitiana e sabe onde fica Ville Rose."

Do degrau mais baixo da antiga escada de pau-rosa, que tinha sido polida e lustrada até ganhar vida mais uma vez para a noite especial, Max Filho agora examinava a sala de estar cheia de livros do pai em busca de rostos conhecidos. Avistou dois dos amigos mais antigos do pai, Suzanne Boncy, miss beleza que nunca fica velha, e Albert Vincent, o diretor da funerária da cidade e agora também prefeito. Ao redor de Suzanne Boncy havia um monte de outras beldades envelhecidas, a maior parte usando ruge demais nas bochechas, e um ou dois representantes do outro grupo de amigos de seu pai que Max Filho agora considerava os mais suportáveis, os filhos dessas mulheres com seus homens de Ville Rose, os filhos e filhas com educação canadense, francesa, mexicana ou americana que preferiam a capital mas faziam uma visita rápida ocasional a Ville Rose para ver como os pais estavam.

Antes de sair de Ville Rose dez anos antes, Max Filho tinha passado tardes e noites incontáveis na companhia de versões mais magras e mais atraentes daquelas pessoas. Ele tinha comparecido a aniversários e enterros, tinha assistido a partidas de futebol e jogado partidas épicas de carteado e dominó depois de incontáveis jantares de domingo com aquelas pessoas. Além das crianças da escola dele e das namoradas ocasionais que, segundo os boatos, ele tinha tido, aqueles eram os únicos tipos de pessoa de cuja companhia o pai dele desfrutava.

As coisas tinham sido diferentes quando Max Filho era mais novo. Antes de a mãe dele se divorciar do pai e se mudar para Miami, Max Pai tinha se dado ao trabalho de participar de conferências e palestras com Max Filho e a mãe dele na Alliance Française ou nas embaixadas estrangeiras em Port-au--Prince. Quando ele estava com dezenove anos, e a mãe tinha ido embora, Max Filho já tinha completado os estudos do ensino fundamental e médio e também tinha recebido dos Estados Unidos um bacharelado por correspondência em educação. Ele tinha estudado na École Ardin no *primaire*; quando ficou velho demais para a escola, o pai tinha se transformado em seu único instrutor.

Sempre tinha sido o sonho de Max Pai que o filho o ajudasse a cuidar da escola. Mas, aos dezenove anos, Max Filho queria ser DJ de rádio. Então, Max Pai usou suas conexões para ajudar; ele providenciou para que o filho apresentasse seu próprio programa na Rádio Zòrèy. Max Pai também tinha incentivado o filho a dar prosseguimento a seus estudos em Miami. Ele nunca tinha perdido a esperança de que Max Filho retornasse à École Ardin. Mas, em vez disso, Max Filho escolheu ficar na Flórida para cuidar da casa de lanches que a mãe tinha aberto no bairro do Little Haiti em Miami.

Max Filho tinha conhecido Jessamine na casa de lanches, onde ela faria uma entrevista para um emprego em meio período. Ele estava ainda mais gordo na época, um rapaz de dezenove anos corpulento e relaxado, com cabelo afro descuidado, mas mesmo assim ela pareceu gostar dele. Ele tinha feito toda a entrevista com ela em crioulo, e foi isso que conquistou a moça. Jessamine, aluna de último ano na faculdade, estava à procura de uma maneira de se sustentar enquanto dava prosseguimento aos estudos de enfermagem. Ela era animada e cheia de confiança, mas o que mais chamou a atenção dele foram os dois piercings de ouro que ela usava em cada uma de suas bochechas. Até terminar os estudos e começar a trabalhar em tempo integral como enfermeira pediátrica, ela foi a melhor contratação dele, a funcionária preferida de sua mãe. E ela ainda era sua melhor amiga.

Mas onde Jessamine estava agora?, ele ficou se perguntando enquanto circulava entre os amigos do pai e trocava gentilezas com eles. Será que estava perdida? Presa no trânsito que serpenteava pela Route Nationale Numéro 2 cheia de buracos? Será que tinha sido assaltada? Sequestrada ao sair de Port-au-Prince?

Eles tinham se separado antes de o pai ter a chance de vê-la no aeroporto. Ela lhe disse que tinha que ir visitar a tia e, depois disso, o primo que a tinha pegado no aeroporto garantiria que ela chegasse à casa do pai dele a tempo para a festa. Ele não tinha anotado o telefone do primo dela. Tinha passado a tarde toda discando o número do telefone da casa da tia, mas ninguém atendeu. Talvez o telefone da tia não estivesse funcionando. Será que o celular que Jessamine tinha trazido de Miami também não estava funcionando?

A mão firme de Max Pai apertava o ombro do filho enquanto Max Filho tentava, sem prestar atenção, conversar amenidades com Albert, o amigo mais próximo do pai. Esses dois homens eram tão próximos, na verdade, que às vezes pareciam viver a mesma vida, seguindo o mesmo caminho emocional, apesar de suas carreiras serem diferentes.

"Você passou muito tempo longe", Albert disse a Max Filho, com as mãos trêmulas, como sempre tinham sido, desde quando Max Filho era menino. O fedora que *oncle*, tio, Albert — como Max Filho ainda gostava de pensar nele — sempre carregava consigo tinha a intenção de esconder o tremor nas mãos, mas só fazia com que se prestasse mais atenção nisso, sobretudo quando o chapéu caía no chão e ele tinha que se abaixar para pegá-lo.

Segundo os boatos, o tremor era o motivo por que a mulher de Albert vivia perto do filho e da filha, gêmeos de quinze anos que estudavam num internato em Massachusetts, enquanto ele cuidava de uma funerária que estava com a família já fazia quatro gerações.

"Cadê a sua namorada?", Max Pai perguntou ao filho.

"Minha namorada?", Albert interrompeu, dando risada. "Ela e minha mulher não se dão bem, por isso eu não a trouxe."

Max Filho ficou quieto, agora se sentindo deslocado com as piadinhas de sempre entre os dois homens.

A mulher alta e elegante de Albert, duas décadas mais nova do que ele, de fato estava na cidade. Estava postada no fundo da sala, perto das estantes de livros, conversando com um grupo pequeno de esposas expatriadas, como o pai gostava de chamá-las, mulheres que moravam num país diferente do país do marido e que, quando voltavam para fazer visitas, nunca se sentiam muito à vontade nem se vestiam de maneira apropriada, com botas de couro em maio ou shorts em dezembro, ou em qualquer outra época do ano. Katya Vincent parecia ter ganhado apenas alguns quilos desde que Max Filho a tinha visto pela última vez, mais de dez anos antes, mas ele se lembrava de o pai dizer que as chamadas esposas expatriadas sempre voltavam cada vez mais gordas e fedendo a citronela, achando que todo mosquito, toda salada e todo copo de água não tratada fossem seus inimigos mortais.

Max Filho se lembrava de ter carregado as alianças no casamento de Katya e Albert Vincent. Os pais dele tinham oferecido uma das festas de noivado. O pai tinha sido o padrinho. Foi um tempo em sua vida que ele às vezes desejava poder ter de volta. Mas, como ele perceberia mais tarde, sua mãe — e talvez também Katya Vincent — nunca tinha sido feliz ali. Sua mãe, especialmente, sempre tinha pensado em viver em outro lugar, nos países que as embaixadas estrangeiras e as organizações de alianças culturais representavam, e, diferentemente de Katya Vincent, a mãe dele não pôde fugir de Ville Rose e continuar com o marido ao mesmo tempo.

"Como é administrar a cidade?", Max Filho perguntou a Albert.

"Ouvi dizer que alguns carrascos fazem o sinal da cruz antes de atirar em suas vítimas", Albert disse. A voz dele era doce e melodiosa, quase reconfortante aos ouvidos de Max Filho. Max Filho sempre tinha gostado da voz dele. Bem diferente do pai, que parecia estar lutando contra um gaguejar, Albert falava como se fosse um cantor de boleros sedutores ou canções de amor, algo que seria ótimo, Max Filho pensou, para sua carreira. "Eu queria ter visto todos os eleitores fazerem o sinal da cruz antes de darem seu voto para mim", Albert disse. "Quando algo dá certo, o governo federal leva o crédito. Quando algo dá errado, eu levo a culpa."

"Política é assim, não é?", Max Filho disse.

"A vida é assim", o pai dele completou.

"Mas, no final, vejo todos eles", Albert disse, "tanto a vítima como o carrasco."

"E isso lhe dá o direito de inserir esse tipo de assunto de morte em qualquer conversa?", Max Pai perguntou.

"Eu queria falar de mulheres e namoradas, mas você não permitiu", Albert disse, mais uma vez soltando sua risada altruísta e melodiosa.

"Você agora tem guarda-costas?", Max Filho perguntou a Albert. "Seguranças?"

"Por que eu teria?", Albert disse. "Se alguém quiser me matar, é só atirar nos guarda-costas primeiro, depois em mim. Estou economizando dinheiro para a cidade e balas para os criminosos."

Albert então foi para o outro lado da sala, em direção à esposa. Max Filho observou o amigo do seu pai abraçar uma mulher que, muitos acreditavam, só tinha se casado com ele por causa de seu dinheiro. Ela até tinha levado os filhos dele para longe e trancado os dois naquele internato, onde deviam passar a maior parte do tempo odiando seu país. De fato, os gêmeos não gostavam de voltar a Ville Rose, preferiam viagens de inverno com os amigos e acampamentos de verão na França a visitar o pai, cuja obrigação era visitá-los sempre. Um dia eles voltariam, Max Filho tinha certeza, quando chegasse a hora de vender a funerária ou assumir a administração do negócio.

"Por que não mandou o chofer buscar sua namorada?", Max Pai então perguntou ao filho.

"Não sei nada de choferes e de namoradas", Max Filho fez piada. Ficou imaginando a frase de efeito saindo da boca de *oncle* Albert. "Perdi muita gente boa assim. Choferes bons, quero dizer."

Mais tarde naquela noite, Max Filho ficou comovido quando o pai se postou no alto da escada diante da sala cheia com os amigos dele e proferiu um discurso breve de boas-vindas.

"Estou contente por meu filho estar de volta", o pai dele disse, e ergueu a taça de champanhe bem acima da cabeça. "Não sei como sobrevivi tanto tempo sem ele."

Ele tinha administrado uma escola durante a maior parte da vida, mas falar em público não era o forte do homem, por isso seu gesto tinha ainda mais importância para Max Filho. Quando chegou sua vez de falar, seguiu o exemplo do pai e foi breve. Postado rigidamente ao lado do homem mais velho, ele disse: "É bom estar em casa, apesar de ser só por pouco tempo".

"Só por pouco tempo?", o pai berrou, fingindo surpresa, enquanto a sala repleta de taças de champanhe fazia mais um brinde.

Mas, entre toda a conversa e o papo informal com o pai e os convidados dele, Max Filho só conseguia pensar na razão pela qual ele tinha tido que sair de Ville Rose e do Haiti, em primeiro lugar, e se ele ia ou não voltar a ver Jessamine algum dia.

Naquela noite, depois que todo mundo tinha ido embora e o pai já estava dormindo, Max Filho ficou ligando para o celular de Miami de Jessamine mas só dava ocupado. Por mais tarde que fosse, ele teria ido atrás dela, só que não fazia a mínima ideia de onde a tia dela morava em Port-au-Prince. Que estupidez da parte dele não ter perguntado!

Tinha ficado nervoso demais com aquela viagem para pensar em todos os detalhes. Mas será que esse descuido significava que ele não iria precisar tanto de Jessamine aqui quanto tinha achado? Em Miami, ela era a única pessoa com quem ele podia conversar abertamente sobre tudo. Ela própria tivera uma vida tão sofrida que não o julgava, escutava com expressão neutra todas as suas confissões. Ela era a única menina para quem ele tinha contado, por exemplo, que tinha sido pai de uma criança dez anos antes. Uma criança cujo nome ele nem sequer sabia, uma criança que ele nunca tinha conhecido.

Deitado de costas no mesmo quarto em que dormia desde menino, Max Filho apertava repetidamente a tecla de rediscagem para o celular de Jessamine. Fazia um calor insuportável no seu quarto, por isso ele se levantou e abriu a porta do terraço coberto que dava vista para a piscina em forma de feijão e para o gazebo fechado com tela e para o alojamento da empregada que trabalhava na casa do pai dele e na do vizinho. Ele olhou para o céu e absorveu o brilho de um aglomerado de estrelas, coisa que nunca conseguia ver em Miami.

Ele devia estar percorrendo as ruas de Port-au-Prince de carro, em busca de Jessamine, pensou. Não era isso que devia estar fazendo em vez de digitar o número dela a cada cinco minutos enquanto observava o céu? Devia estar atrás dela. Assim como devia ter procurado Bernard Dorien uma década antes. Devia pelo menos ter voltado para casa para o enterro de Bernard. Os pais de Bernard provavelmente tinham levado o corpo dele para as montanhas e enterrado por lá. Ele se sentia pesaroso com a ideia de Bernard estar suspenso em algum túmulo na encosta de uma colina. Lutar tanto para morar na cidade só para depois retornar a um túmulo nas montanhas? De que adiantava se sacrificar tanto para sair de um lugar só para terminar exatamente onde tinha começado? Mas por acaso ele não estava fazendo a mesma coisa agora, ao voltar para casa, olhando para trás quando devia estar seguindo adiante?

Ele pensou em sair para nadar um pouco no meio da noite a fim de se acalmar, depois descartou a ideia. Em vez disso, voltou para a cama e ligou para o número de Jessamine, só para escutar o mesmo sinal de ocupado. O gerador já tinha sido desligado para o período da noite. A eletricidade alocada para a parte da cidade em que eles moravam tinha expirado. Então, ele não tinha escolha além de ficar deitado no escuro, vestido com seu short de nadar, os olhos abertos ardendo.

Quando ele acordou no meio da manhã seguinte e ouviu o primeiro sinal de ocupado do telefone de Jessamine, pensou em pegar emprestado o jipe do pai e ir até Port-au-Prince. Mas então ouviu alguém bater à porta do seu quarto.

Antes que ele tivesse oportunidade de se aprumar, o pai entrou vestido com o moletom cinza-escuro que usava para treinar judô, sozinho, contra uma caramboleira no jardim toda manhã.

"Tem visita para você", o pai disse.

"Jessamine?", ele perguntou, pegou uma calça cáqui que estava nas costas de uma cadeira e vestiu.

"Quem foi que você disse?", o pai perguntou, e chegou mais perto para ajudá-lo a vestir a calça.

"É Jessamine?"

"Aquela que não apareceu ontem à noite?"

"Ela está lá embaixo?"

Max Filho então vestiu uma camiseta vermelha que Jessamine tinha lhe dado fazia muito tempo, um presente por ter sido contratada por ele para trabalhar na loja de lanches no Little Haiti. Ele tinha prometido a ela que iria usar a camiseta quando retornasse ao Haiti, já que metade dela era da cor da bandeira haitiana.

Tanto a calça como a camiseta estavam um pouco amassadas, mas ele não se importou. Estava pronto para sair correndo pela porta quando o pai segurou o cotovelo dele e impediu que avançasse. Apesar de o cabelo grisalho do homem mais velho ter ficado mais branco e ele ter ficado mais corpulento e menos ligeiro a cada visita que fazia para ver o filho em Miami, e apesar de ele de vez em quando reclamar de dores nos ombros e nas costas, ainda era bem forte. Se algum dia entrassem num embate físico, Max Filho achava que o pai seria capaz de derrubá-lo com facilidade.

"Escute aqui", o pai dele disse. "Espere um pouco. Calma. Por acaso está apaixonado por essa aí, qual é mesmo o nome dela, essa tal de Dessalines?"

"Jessamine."

"Certo, mas está apaixonado por ela?"

"*Papa*", ele disse, ao mesmo tempo uma súplica e uma queixa. "O que está me perguntando?"

"Você também gostava da Flore, não gostava?", o velho homem indagou.

O apertão do pai ficou mais forte no bíceps dele. Ele teria que empurrar o velho para o lado para poder passar por ele e chegar à porta. Ele não estava com a cabeça no lugar para pensar minimamente sobre aquilo. "*Papa*, não é hora disso", ele disse, fazendo muita força para não erguer a voz.

"Bom, na verdade é, sim, hora disso", o pai disse, "porque Flore está lá embaixo neste momento. E ela trouxe o seu filho."

"Flore?"

"Em carne e osso", o pai disse, e soltou o braço dele. "*En chair et en os*, com o seu filho."

Max não se lembrava de ter descido a escada. Simplesmente sentiu seus pés saltando de dois em dois degraus até chegar à parte de baixo. De onde ele estava, do outro lado da sala, a primeira coisa que viu foi as costas de uma mulher usando um vestido cor de manga com os ombros à mostra. O cabelo da mulher era curto e enrolado de maneira meticulosa, como se cada fio tivesse sido ajeitado em separado. Quando ela finalmente se virou, ele viu que usava um batom que fazia seus lábios parecerem tão vermelhos quanto cerejas.

Era Flore, mas na verdade não era Flore. Era Flore, mas não mais a adolescente magricela que vestia o mesmo uniforme bege de empregada que às vezes ficava manchado com a comida e a sujeira das cozinhas e dos banheiros da casa do pai dele. Era Flore, mas na verdade não era Flore, que agora era

uma mulher forte, de aparência mais velha e pele marrom-
-siena. Toda a série de acontecimentos — ele ter feito sexo
com ela, ela ter ficado grávida — estava inteira naquela mulher parada a alguns metros dele agora.

"Flore?", ele indagou, mais um pedido de confirmação que
um cumprimento.

Ela acenou com a cabeça na direção dele, mas não disse
nada.

"Como você está?", ele perguntou a ela enquanto seus
olhos ainda absorviam tudo em que ela tinha se transformado.
"O que está fazendo aqui?"

Ele não tinha a intenção de que aquilo soasse como repri-
menda. Sua curiosidade era genuína, estava interessado em
saber como ela tinha chegado até ali, de volta à casa do pai
dele, à sala do pai dele, no meio do dia.

"Flore tem um salão de beleza em Port-au-Prince", foi o pai
dele quem respondeu no lugar dela. "Pedi a ela que viesse nos
fazer uma visita."

Max Filho estava pensando num jeito de perguntar sobre
o filho dele quando ouviu uma voz infantil chamar de trás do
divã, aonde Flore tinha ido se sentar.

"*Kounye ya*? Agora?", perguntou uma voz de menino.

"*Wi*", respondeu Flore.

Acanhado, do mesmo jeito que Flore tinha sido antes de
se transformar tão completamente de rosto e de corpo —
mas também de atitude, parecia, porque os olhos de Flore
nunca desviaram dos dele, seu rosto nunca se suavizou —, a
criança fixou os olhos em Max Filho enquanto punha e tirava
da boca um enorme pirulito roxo. O menino vestia camiseta
branca simples e jeans e, apesar de estar obviamente ciente
de ser o centro da atenção de todos, ele observou a sala, exa-
minando os enormes vasos de bambu atrás dos antigos so-
fás de couro e os gigantescos quadros abstratos nas paredes.

O menino fez uma careta para os quadros, manchas grandes fluorescentes que também não faziam o menor sentido para Max Filho. Ele parecia corpulento e forte, mas Max Filho não conhecia muitas crianças daquela idade, então não tinha certeza. Nem ele nem o pai eram magros. Eram homens de altura mediana, rechonchudos e redondos, como aquele menino um dia poderia vir a ser, quando crescesse. Aliás, o menino tinha exatamente a mesma aparência deles, como se pudesse se encaixar perfeitamente em todas as gerações de homens da família.

"E o que faz com ele em relação à escola em Port-au-Prince?", Max Pai perguntou de trás da balaustrada, onde estava sentado agora. "Ele está recebendo uma boa educação? Você sabe muito bem, Flore, que nós temos uma escola aqui, uma escola muito boa."

Flore passou uma bolsinha de palha trançada de um ombro ao outro e olhou ao redor da sala como se estivesse à procura de onde se ancorar. "Ele está bem, como pode ver", ela disse.

Max Filho agora estava em pé bem na frente do filho, e o filho olhava para cima, para ele, e ele olhava para baixo, para o filho. Ele se ajoelhou para que seu rosto ficasse na mesma altura do rosto do filho e disse: "*Alo*".

"*Alo*", o menino ecoou, com o pirulito ainda alojado numa das bochechas.

Por um momento, Max Filho ficou achando que a criança pudesse pular em cima dele e jogá-lo no chão enquanto seu próprio pai observava de trás da balaustrada. "Meu nome é Maxime Ardin Filho", ele disse.

Max Filho achou o menino uma criança bonita, um menininho de ombros encurvados com rosto franco e sorriso generoso. O próprio Max Filho tinha sido um menino assim. Ficou esperando a criança dizer seu nome. Pensou por um momento que talvez não fosse dizer. O menino olhou para a mãe em busca de alguma pista sobre o que deveria fazer. Ela inclinou a cabeça e pareceu tão ansiosa quanto Max Filho para escutar o que sairia da boca do menino.

"Meu nome é Pamaxime Voltaire", a criança disse.

Como Max Filho não tinha reconhecido o menino legalmente, a criança tinha recebido o sobrenome de Flore, Voltaire. Mas com *Pa*, um prefixo crioulo que significa ao mesmo tempo "pertencente a ele" e "não pertencente a ele", o prenome da criança poderia significar tanto "pertencente a Maxime" como "não pertencente a Maxime". Só a mãe poderia saber com certeza.

"Pamaxime", Max repetiu, copiando o tom de voz hesitante da criança.

Ele ficou surpreso por Flore ter dado aquele nome à criança.

"Se fosse menina, pelo menos poderíamos chamar de Pam", Max Pai disse, e foi alvo de um olhar sério e odioso de Flore.

Pamaxime olhou para Flore, que assentiu de leve com a cabeça para demonstrar aprovação pela enunciação perfeita de seu nome, e, ainda com o pirulito na boca, em tom de voz tímido que soou um tanto ensaiado, perguntou: "*Ou se papa m*? Você é meu *papa*?".

"*Wi*", Max Filho disse. Ele ficou surpreso de ver como a palavra saiu rápido de sua boca. Apesar de não ter oferecido a Pamaxime seu sobrenome, agora, olhando para o rosto da criança, ele tinha ainda mais certeza de que o menino era dele, apesar da negação ou afirmação em seu próprio nome, ou exatamente por causa dela.

Ajoelhado ao lado do filho, Max Filho se lembrou de uma história que Jessamine tinha lhe contado quando confessou a ela que estava pensando em voltar para casa para fazer uma visita. Os pais de Jessamine tinham se conhecido em Miami quando trabalhavam num hotel onde ambos faziam parte da equipe de limpeza. Logo depois de se casarem, o pai dela resolveu voltar para o Haiti para morar. A mãe ficou para trás em Miami e prometeu se juntar a ele dali a algumas semanas. Durante esse tempo, a mãe descobriu que estava grávida de Jessamine e, como não queria mais se mudar para o Haiti, entrou com pedido de divórcio. O pai dela não soube de Jessamine até ela estar no primeiro ano do ensino médio, quando ele, enfermo e moribundo por causa de algum mal, voltou para Miami em busca de tratamento. Nesse meio-tempo, Jessamine tinha sido informada pela mãe de que o pai a tinha abandonado. Jessamine não tinha visto o pai viver e não tinha certeza se queria vê-lo morrer. Mesmo assim, ela acompanhou a mãe numa visita ao hospital. Logo antes de elas chegarem lá, ele deu seu último suspiro. Receberam permissão para ficar no quarto com o cadáver apenas por alguns minutos antes de ele ser coberto com um lençol branco e levado para o necrotério.

Desde que Jessamine tinha contado a ele sobre seu pai, Max Filho tinha repassado mentalmente aquela cena no hospital várias vezes, colocando seu filho no papel de Jessamine e ele próprio como o pai morto na maca que era levada embora. O pior caso possível de amor não correspondido, Jessamine tinha dito a ele, era sentir o abandono de um dos progenitores.

Tanto ele como o filho estavam num leve transe agora, olhando-se fixamente, coisa de que ele só tomou consciência quando Flore estalou os dedos, assobiou e fez um sinal para que o menino se aproximasse dela. A Flore que ele tinha conhecido jamais faria gestos assim tão rudes.

Pamaxime continuava em pé na frente dele. Sua vontade era estender a mão e abraçar o filho agora, mas ele estava com medo de deixar a criança confusa. Em sua tentativa contínua de capturar a atenção do menino, Flore bateu palmas repetidas vezes, mas a criança não se moveu. Olhando de Max Filho para Flore e vice-versa, ele parecia dividido. O menino olhou para Max Pai, seu avô, que fez um sinal com o dedo indicador para que Pamaxime fosse até Flore.

"Por que tanta pressa?", Max Pai então disse. "Deixe que o menino fique aqui um ou dois dias. Vamos conviver mais com ele. Ele pode brincar e nadar conosco na piscina."

A criança se voltou para Max Pai, que agora estava em pé com as mãos erguidas como se rogasse aos céus um favor especial.

"Ele não vai ficar aqui", Flore disse como se estivesse falando de trás de uma grade trancada dentro de sua boca.

E, com essas palavras, Flore se apressou e pegou na mão de Pamaxime, mas ele não se moveu. Max Filho tentou pegar na outra mão do menino, a que estava mais distante de Flore, não para acariciar ou beijar, mas apenas para tocar nele, uma despedida tátil. Mas, antes que ele pudesse fazer isso, a mãe puxou o menino para longe. Flore se abaixou e fez um gesto para que o menino devolvesse o que tinha sobrado do pirulito, que ela guardou na bolsa.

Max Filho continuou ajoelhado no mesmo lugar enquanto o filho se afastava. A criança não se virou para trás. Ele permaneceu de joelhos, na esperança de que o menino corresse de volta para dar um abraço ou um beijo nele, para lhe dar seu primeiro adeus depois de seu primeiro oi. Mas o que ele tinha feito para merecer isso?

Ouviu algumas vozes vindas da sala ao lado, perto da porta de entrada. Era Flore conversando com uma mulher mais velha que, apesar de já estar trabalhando para o pai dele havia muitos anos, ele só podia considerar a empregada nova. Parecia que Pamaxime tinha algo que queria dar a ele, e Flore estava pedindo à empregada nova que pegasse para que a criança não precisasse voltar. Max Filho pensou em sair correndo para receber, mas se deteve. Flore tinha todo o direito de tomar todas as decisões.

Ouviu a porta da frente bater.

"A criança que mandou." A empregada nova entregou a ele um pedaço de papel branco dobrado.

Ele sentia que o pai o observava. Na época em que tinha seu programa musical na Rádio Zòrèy, deixavam bilhetes para ele na estação ou em casa o tempo todo. Muitas meninas tinham entregado a Flore missivas que cheiravam a perfume na porta de sua casa.

Ele abriu a folha de papel que o filho tinha trazido para ele. Nela havia a palavra *papa* em pequenas letras inclinadas, junto com o desenho de um homem cujo rosto era um O vazio. Ele ansiava por uma explicação que, sabia, talvez nunca fosse obter. Dobrou o papel e guardou no bolso da calça, então se levantou do chão e saiu apressado pela porta. O pai foi atrás, como se tanto o mais velho quanto o mais moço tivessem chegado à mesma conclusão ao mesmo tempo.

Um caminho com calçamento dividia o jardim tropical luxuriante que levava da varanda ao portão de entrada da propriedade de Max Pai.

"*Tann*", Max Filho gritou para Flore. "Espere."

Flore se virou e a criança fez a mesma coisa, imitando a mãe. Max Filho alcançou os dois perto de onde o carro do pai dele estava estacionado, ao lado do portão baixo de ferro.

"Eu posso levar vocês para onde estiverem indo", Max Filho disse.

Ele imaginou que eles voltariam para a casa da mãe de Flore em Cité Pendue. Enquanto acariciava o cabelo curtinho do filho, ele completou: "*Mwen la kounye a*. Agora estou aqui".

O menino se contorceu e esticou o pescoço para enxergar o pai e a mãe ao mesmo tempo. Max Filho se sentiu como se estivesse em praça pública enquanto o pai observava de um banco de madeira na varanda da frente. Mas nada disso importava. Ele não era mais um menino de dezenove anos.

Ele era adulto agora, um homem que dividia um filho com aquela mulher.

O pai dele se levantou do banco e foi se postar ao lado do menino.

"Posso pegar seu carro emprestado para levar os dois para casa?", Max Filho perguntou ao pai.

Flore ergueu as sobrancelhas, surpresa.

"Você por acaso sabe o caminho?", Max Pai perguntou ao filho.

Max Filho assentiu.

Max Pai voltou para dentro da casa e saiu com as chaves do seu *tèt bèf*, o "berrante" como todos apelidavam aquele tipo de jipe Toyota. Entregou as chaves ao filho, então foi até o portão e o fez deslizar para que o carro passasse. Voltou para a varanda e, antes de entrar na casa, gritou: "Tchau!" para o neto. Mas o menino nem olhou para ele; estava ocupado demais prestando atenção no próprio pai para escutar.

Primeiro, Max Filho ajudou o menino a entrar no carro. Isso lhe deu mais uma oportunidade de tocar no filho quando segurou as mãos da criança para lhe mostrar como se acomodar no banco de trás. Tentou colocar o cinto de segurança sobre o peito do menino. A tira subiu até o pescoço da criança, então ele resolveu deixar para lá. Fechou a porta, abriu o lado do passageiro para Flore e então finalmente se acomodou no banco do motorista. A barra do vestido de Flore se ergueu bem acima dos joelhos quando ela se acomodou no assento e logo ela a puxou para baixo. Ela podia ter se sentado no banco de trás com a criança, fazendo com que ele se sentisse como chofer deles, mas não o fez.

Ele nunca tinha se embrenhado em Cité Pendue. Só tinha passado por lá com os pais, a caminho do Sul do país, pela estrada principal que contornava a região, a estrada à beira-mar. Mas ele sentia como se já tivesse estado lá. Tinha estado lá na maneira como seu amigo Bernard Dorien tinha descrito o restaurante dos pais, que era, de acordo com Bernard, praticamente anexo ao armazém da Rue des Saints, que já fora ocupado pelos homens de Baz Benin. Ele tinha estado lá através da música que os homens de Baz Benin tinham produzido e gravado e levado para ele em CDs e até fitas cassete, para tocar no programa dele de rádio, seus louvores e seus lamentos pela vida precária e pela morte certa no *geto*.

"Qual é o melhor caminho?", ele perguntou a Flore ao fazer a curva com o jipe na direção de uma fileira de cabaceiras em frente ao portão da casa do pai. Dez anos antes, o melhor teria sido pegar a estrada à beira-mar, mas ele já não tinha certeza e queria confirmar com ela. E ela concordou, assentindo com a cabeça num gesto relutante.

Mesmo após dez anos, a estrada ao longo da orla ainda estava alcatroada e quase toda pavimentada. Havia mais carros e o tráfego se arrastava ao longo de duas faixas largas que seguiam em direções opostas. Vários rapazes e moças batiam na janela do carro, oferecendo salgadinhos e carnes, banana-da-terra frita e água mineral. Depois vieram outros, vendendo carregadores de celular.

Nos carros e *camions* que estavam à frente e do outro lado, ele viu que muitos dos motoristas e passageiros passavam o tempo falando no celular, algo que, uma década antes, quando ele tinha saído do país, não podia ser visto. Do outro lado, um cortejo fúnebre estava preso no engarrafamento com um rabecão à frente de uma pequena caravana de carros que era trespassada por mototáxis.

Quando o tráfego avançou, ele lembrou como Ville Rose ainda era bonita. De um lado estavam os mesmos pântanos cobertos de musgo de que ele se recordava de anos antes e à distância se estendiam as montanhas em formato de funil.

Mas logo passaram por uma nova fileira de bordéis de quinta, onde as mulheres vendiam sexo em chalezinhos individuais. Um alarme alto soou na bolsa de Flore e ela tirou dali um celular, então desligou a campainha. Ela se virou para trás e entregou o telefone ao menino, e, às vezes, quando Max Filho olhava pelo espelho retrovisor, via o garoto apertando as teclas com força e bem rápido, jogando algum jogo. Percebeu que tinha esquecido o próprio celular no seu quarto na casa do pai.

Ele olhava de vez em quando para o perfil de Flore, que ela mantinha praticamente paralisado, quase como uma estátua, e pensava que era difícil se lembrar das coisas sobre as quais eles conversavam. Nunca era nada consequente, nada profundo demais. Tirando as coisas normais, como o que ele queria que ela preparasse para comer num dia específico, ele tentava fazê-la rir das meninas apaixonadas que escreviam cartas para ele, por exemplo, mas ela nunca ria. Ele zombava de algum amigo do pai dele que tinha vindo à casa para jantar com a esposa e encontrado a amante ali — um jantar que ela tinha lhes servido. Ela nunca se juntava a ele nas suas provocações e críticas.

Na época, ela parecia interessada em revistas, sobretudo as revistas de beleza deixadas para trás pelas amigas do pai dele. Ele às vezes pegava Flore olhando fixo para as mulheres naquelas páginas, com a boca aberta, os olhos arregalados de admiração. Ele tentava levar para casa revistas como aquelas que encontrava na estação de rádio, o maior número possível, e as espalhava pelos cômodos, para que ela pegasse e olhasse quando ele saísse. Ela costumava alisar o cabelo com um relaxante capilar que comprava em caixas, de um vendedor de apliques na feira livre, mas eles nunca conversaram sobre nada disso. Nunca nem conversaram sobre como ela tinha ido parar na casa do pai dele quando mal tinha completado dezesseis anos, por que tinha sido obrigada a abandonar a escola para substituir uma tia que trabalhara lá durante anos até a tia estar velha demais para trabalhar.

A criança ainda estava distraída com o jogo no celular, agora apertando as teclas com mais força ainda, como se houvesse algo muito urgente em causa.

"Por que você deu esse nome para ele?", perguntou a ela, baixinho.

"Quê?", ela disse rispidamente, sem virar o rosto.

"Por que você deu um nome assim para ele?" Ele nem queria dizer o nome para não chamar a atenção da criança para a conversa deles.

"Porque eu quis", Flore disse.

Mas ele queria mesmo saber qual tinha sido a intenção dela com aquele nome. Não pertencia a ele? Ou pertencia a ele? Mas não conseguia pensar numa maneira de perguntar sem que a criança compreendesse exatamente sobre o que estavam conversando. Ele olhou para trás pelo espelho retrovisor, e o menino agora estava com o telefone fechado no colo e o polegar enfiado na boca.

"Você não está grande demais para isso?", ele perguntou ao menino.

A criança tirou o dedo da boca e pousou as mãos no assento, embaixo das coxas.

"Já tentei tanta coisa", Flore disse, mais para o menino do que para ele. "Até esfreguei uma pimenta vermelha no dedo dele."

"Uma pimenta vermelha?" Max Filho fez uma careta. "Que horror."

Quando o silêncio voltou a se instalar no carro, Max Filho ligou o rádio. Um apresentador de noticiário discursava a respeito das manifestações contra a alta dos preços de alimentos em Port-au-Prince. Será que Jessamine tinha se envolvido naquilo? Será que era por isso que ela não tinha conseguido chegar a Ville Rose nem na noite anterior nem naquela manhã? Já parecia fazer semanas que ele a tinha visto pela última vez, apesar de isso ter acontecido apenas vinte e quatro horas antes.

"Tem algum programa infantil na Rádio Zòrèy como tinha antes?", ele perguntou, tentando pensar em alguma outra maneira de distrair a criança.

Flore deu de ombros. Ou ela não sabia, ou não se importava.

Quando Max Filho olhou no espelho retrovisor, viu que o menino agora estava adormecido, estirado no banco de trás com as pernas dobradas. Ele era de fato um menino bonito, Max Filho pensou, não apenas bonito, mas lindo. Era um tipo de beleza que ele achava que todos poderiam admirar. Ninguém poderia olhar para aquele menino dormindo, com os olhos bem fechados, o peito subindo e descendo, o rosto tão relaxado que ele parecia desprotegido; ninguém poderia olhar para aquela criança, ele pensou, e não achar que ele fosse livre de culpa e de vergonha.

Tinha demorado quase noventa minutos para percorrerem treze quilômetros, mas finalmente estavam entrando em Cité Pendue. Ele percebeu pela maneira como o mar ao lado da estrada tinha passado de azul-esverdeado para marrom e para preto-acinzentado. As ruas ficaram mais estreitas, erguendo-se numa fileira de encostas de colinas abarrotadas de casas de cimento e de blocos de concreto, barracos de zinco e feiras livres cheias de mulheres de aparência exausta e alimentos murchos.

"A casa não fica muito longe." Flore o orientava. "Minha mãe queria algo que não fosse muito longe do asfalto."

Ele dobrou uma esquina estreita que parecia ter sido feita para um carro nunca poder passar por ela, depois desceu uma trilha entrecortada onde finalmente encontrou a casa.

Era diferente do que ele esperava, mais bonitinha. Era retangular e tinha um gradeamento de metal cor-de-rosa tapando a parte da frente. Ele tentou estacionar o carro o mais perto possível da entrada e deixar espaço na viela estreita para as pessoas passarem.

O menino continuava dormindo lá atrás. Max Filho o pegou, aninhando-o em seus braços. Aquela devia ser a sensação de segurá-lo no colo quando era bebê, ele pensou. Um bebê muito pesado. A criança respirava fundo e, quando ele apertou o corpo do filho contra o peito, ele se remexeu e se ajeitou.

"Onde eu ponho o menino?", Max Filho perguntou depois que Flore abriu a porta.

Do lado de dentro, a casa tinha um cheiro forte de essência de baunilha, do tipo líquido que se adiciona a limonadas e bolos. A sala era parca, com quatro cadeiras cobertas de plástico, uma de frente para a outra, em volta de uma mesa estreita encostada num canto no fundo. Uma lâmpada balançava num fio no teto e, nas paredes, havia calendários com participantes de concursos de beleza, anunciando cerveja e sabonetes e cremes para clarear a pele.

Uma cortina de bambu escondia um quarto com uma cama grande que ocupava quase o cômodo inteiro, junto com duas malas que pareciam bem cheias. Quando ele colocou Pamaxime na cama, Flore ligou um ventilador de pé e direcionou para a criança adormecida. Flore pareceu surpresa que o ventilador tivesse funcionado, que houvesse eletricidade disponível.

"Onde está a sua mãe?", ele perguntou quando voltaram para a sala da frente.

"No mercado", ela disse.

Com o nariz tomado pela essência de baunilha — os olhos dele estavam quase lacrimejando por isso —, ele se encheu de arrependimento, mas não sabia como dizer a ela. No fim, apesar do entorno, ela parecia ter, de algum modo, triunfado. Agora ela tinha provado, ao permitir que ele conhecesse o filho, para começo de conversa, que já não tinha medo dele. E o que ele havia feito? Tinha trazido ao mundo uma criança a quem ignorara. Tinha abandonado sua casa e seu país durante anos. E tinha guardado segredos.

"Sinto muito, Flore. Sinto muito pelo que foi feito", ele disse, agora andando de um lado para outro no piso de cimento que era tão irregular quanto o teto.

"O que foi feito? Você quer dizer o que você fez." Ela parecia estar esperando que ele tocasse no assunto — ou temendo que ele o fizesse. Seus braços começaram a tremer enquanto ela tentava tirar o pó de uma das cadeiras cobertas de plástico usando a palma das mãos. Ela esfregou as mãos e então fechou os punhos, como se estivesse se preparando para socá-lo. Ele percebeu que a raiva dela não fervia apenas hoje, mas que tinha fervido nos últimos dez anos, e agora que estava em sua própria área, na casa da mãe, podia pôr essa raiva para fora.

"Eu fui até lá hoje", ela disse, "porque seu pai nos achou em Port-au-Prince e me pediu que fosse. Mas agora? Não, eu não quero voltar a ver você."

Olhando ao redor da sala, que tinha um quinto do tamanho do quarto dele na casa do pai, ele pensou que uma janela cairia bem. Uma janela poderia levar embora aquele cheiro horrível de essência de baunilha. Poderia deixar entrar mais luz. Poderia permitir que o menino enxergasse o céu quando acordasse de seu sono. Uma janela poderia fazer a casa toda parecer maior, fazer com que eles se sentissem mais livres. Uma janela e algumas plantas, como algumas das plantas no jardim do pai dele, era disso que aquela casinha precisava, ele pensou. Mas o lugar na parede onde a janela poderia estar era necessário para a parede do vizinho, e uma janela poderia tornar o lugar menos seguro. Uma janela poderia facilitar que alguém entrasse e lhes fizesse mal.

"E o menino?", ele perguntou, porque agora tudo girava em torno do menino. O menino era tudo. "Ele me desenhou", disse. Como o menino podia saber qual seria a aparência dele? O que ele teria desenhado se lhe pedissem para fazer um esboço do menino? "Ele me desenhou sem rosto. Só um círculo, um círculo vazio."

"Você queria que a sua cara parecesse uma bunda?", ela perguntou com um sorrisinho triunfante atravessado na boca. Ela tentou evitar, mas o sorriso ficou ali, como sua própria vitória pessoal.

Uma década antes, ele tinha tentado convencer a si mesmo de que talvez a amasse, que talvez quisesse construir uma vida com ela. Tentou fazer com que ele mesmo acreditasse que isso seria o melhor. Mas aquele era um dos muitos sonhos falsos que ele guardava junto do coração, como o de finalmente fazer amor com uma mulher que pudesse lhe dar satisfação por completo, por quem ele ansiaria e de quem sentiria falta toda manhã quando acordasse.

"Eu gostaria de contribuir", ele disse, agora erguendo a cabeça para examinar o teto de cimento cor-de-rosa inclinado por cima da cabeça deles. "Eu gostaria de contribuir para uma boa escola em Port-au-Prince. Uma escola igual à de *papa*."

"Seu pai me deu um pouco de dinheiro", ela disse. "Sua mãe também me mandou um pouco. Você já deve saber."

Na verdade, ele não sabia. Achava mais fácil acreditar que a mãe dele transferiria dinheiro de Miami, mas não que o pai o entregaria a Flore. Ou que isso fosse algo que seus pais fariam juntos.

Flore foi até a porta, segurou a maçaneta de metal frouxa, então fez um movimento abrupto com a cabeça para que ele fosse embora. Mesmo assim, ele enfiou a mão no bolso para pegar a carteira, mas tinha saído da casa do pai muito apressado e, junto com o celular, também tinha deixado a carteira para trás. Fez um gesto na direção dela, mas ela empurrou as mãos vazias dele para longe e disse: "*Ale tanpri*. Por favor, vá embora".

Ela o seguiu para fora da casa. Ele balbuciou um cumprimento a alguns dos vizinhos dela, que estavam sentados nas varandas de cimento quando entrou no jipe.

"Onde fica a Rue des Saints?", ele perguntou quando largou o corpo atrás do volante.

Flore ergueu os olhos para os vizinhos mais próximos, duas mulheres, uma velha, uma moça, e um menino adolescente que parecia ser neto da mulher mais velha. Ela e os vizinhos trocaram um olhar curioso. Será que Flore tinha contado a eles, será que tinha contado a todo mundo, o que ele tinha feito?

"A Rue des Saints não é mais Rue des Saints, eu sei", ele disse para o rapaz. "Eu só quero saber como chegar lá."

Ele tinha ouvido a notícia em Miami. Na manhã em que ele partiu de Ville Rose, Bernard Dorien tinha sido preso. No dia seguinte, foi encontrado morto. Então alguém tinha tocado fogo em Baz Benin, um fogo que não tinha destruído apenas Baz Benin mas, ao se espalhar, tinha acabado com Bè, o restaurante dos pais de Bernard. Ele não sabia onde os pais de Bernard estavam passando o resto da vida. (Será que tinham voltado para as montanhas? Será que abriram um segundo restaurante em outro lugar?) No jornal haitiano que ele tinha lido em Miami, apenas Tiye e seu tenente, Piye, tinham sido listados como vítimas fatais do incêndio.

Ficou arrasado com as notícias, mas não havia nada que pudesse fazer de Miami. Ou será que havia? Mesmo que ele voltasse para o Haiti, Bernard não estaria lá e o restaurante dos pais dele também não. Não havia nada que ele pudesse ter feito.

"Será que ainda dá para chegar à Rue des Saints?", Max Filho perguntou.

O rapaz usou as linhas da vida na palma das mãos de Max Filho como coordenadas de um mapa imaginário. Max Filho seguiu as orientações dele e passou quase meia hora circulando entre barracos de zinco em ruas de terra antes de chegar à Rue des Saints.

A rua que antes tinha sido a Rue des Saints agora era quase só uma fileira de barracos de madeira ao lado de um lixão fedido que fumegava na ponta de um bueiro manchado de óleo. Max Filho parou o carro. De ambos os lados dele havia montanhas de lixo, pneus e milhares de minúsculas garrafinhas de plástico de suco e embalagens de isopor de comida. Algumas pessoas pararam para olhar para ele antes de prosseguir em seu caminho: duas mulheres que voltavam do mercado, um grupo de meninos suados que se revezavam carregando uma bola no caminho para casa depois de uma partida de futebol. Não fosse por essas pessoas, teria sido impossível para ele imaginar que aquele algum dia tinha sido o tipo de lugar onde pessoas moravam, que era onde seu amigo Bernard tinha morado.

Sentado no carro, ele pensou na última vez que tinha visto Bernard. Bernard estava datilografando um roteiro na estação de rádio e tinha parado por um instante para erguer os olhos e convidá-lo para uma refeição no restaurante dos pais. Max ficou com muita vergonha de dizer a Bernard que ele tinha medo de ir até lá.

As janelas agora estavam fechadas. Ainda assim, o cheiro fétido do lixo em decomposição penetrava no carro e quase o sufocava. Max Filho deu a partida no motor e rodou até voltar a encontrar o mar. Ele seguiu o mar para longe de Cité Pendue, até que se transformasse num azul de ovo de tordo, a cor de Ville Rose de que ele mais tinha sentido saudade quando estava em Miami.

Ele baixou as janelas e, com uma golfada de ar quente batendo no rosto, passou a tarde toda voltando para casa. Ele se permitiu demorar-se no trânsito parado, então percebeu que agora já fazia um bom tempo que não pensava em Jessamine. Olhou no espaço apertado entre o assento do motorista e o encosto e encontrou o envelope branco com a nota de quinhentas gurdes que o pai sempre guardava ali para emergências. Ele parou numa esquina para comprar banana-da-terra frita e carne de bode e de porco, que comeu num prato de metal amassado em frente à panela de óleo fumegante do vendedor, então engoliu tudo com uma garrafa de suco fluorescente importado. Ao se afastar da barraquinha de comida, ele dirigiu devagar e pegou de propósito caminhos errados, parando para sentar no meio- -fio de ruas menores e trilhas pouco usadas antes de retornar à movimentada via de acesso principal à beira-mar.

Já estava quase escuro quando ele estacionou em frente à casa do pai e viu Jessamine sentada com o pai dele na varanda bem iluminada. Ela usava calça legging escura e uma túnica branca simples, mas parecia elegante, como se estivesse indo a um baile. Tanto Jessamine como o pai dele viram o jipe através do portão aberto. Ele baixou a cabeça, fingindo que tinha alguma coisa para terminar no carro antes de poder sair. Um programa de rádio tocava alto numa das casas vizinhas e ele podia jurar ter ouvido a voz de Flore nele. Mas aquilo não podia ser real. Ele tinha deixado Flore em Cité Pendue não fazia muito tempo.

Um jingle animado interrompeu a voz parecida com a de Flore. Foi seguido por um locutor falando sobre os benefícios de shakes saudáveis, cigarros e cerveja na mesma voz sem fôlego. Ele parou de prestar atenção. Em vez disso, estava contemplando o fato de Jessamine não ter chamado seu nome nem ter corrido até ele.

Observando-a e ao pai bebericando alguma coisa, imaginou o pai sabendo que Jessamine era enfermeira e pedindo a ela conselhos médicos relativos a seus antigos ferimentos do judô. Ele imaginou os dois conversando sobre as pinturas do pai, sobre o jardim e as flores dele. Mas também podia imaginar Jessamine dizendo a seu pai que na verdade não era sua namorada e que tinha concordado em acompanhá-lo só para que o pai pensasse que ele tinha namorada, e que tinham discutido a possibilidade de ele comprar uma aliança para ela e chamá- -la de noiva. Talvez ela estivesse contando a seu pai que tinha concordado em acompanhá-lo como boa e leal amiga, só para que ele pudesse ir até lá conhecer o filho.

O pai dele se levantou e acenou. Apesar de não sair de trás do volante, ele acenou de volta, indicando que estava indo. Era óbvio que Jessamine já tinha conquistado seu pai, mais provavelmente com elogios à cidade, à casa. Ou talvez seu pai estivesse demasiadamente impressionado com o fato de, apesar de ter nascido em Miami, ela ainda saber falar crioulo, embora com sotaque. Jessamine estava contente, ele sabia, de conhecer o lugar que o tinha, em parte, constituído.

Os jingles prosseguiram no rádio do vizinho do pai dele. Um diálogo roteirizado entre dois comediantes famosos sobre duas empresas de celular concorrentes estava sendo transmitido agora. Max Filho ficou se perguntando se, caso ele ainda morasse naquela cidade — não na casa do pai, mas numa casa própria —, iria se sentir obrigado a passar por ali toda tarde para ver se o pai estava bem. Será que ele também ficaria sentado do lado de fora, num carro, sentindo-se agradecido por ter fugido daquela casa e de suas lembranças lastimáveis? Ele fingiu que de fato estava dentro desse momento que nunca iria se realizar, e no segundo em que ambos, Jessamine e seu pai, desviaram o rosto dele e olharam um para o outro, ele ligou o carro e foi embora. Saiu em disparada, descendo a avenida Pied Rose em direção à praia.

Uma das formas como ele postergava aceitar o convite de Bernard para ir ao restaurante de seus pais em Cité Pendue era convidar Bernard para ir à praia. Eles iam às lagunas, depois mergulhavam nos recifes. De vez em quando, avistavam um peixe-voador grande ou uma tartaruga marinha, que eram tão míticos quanto as marias-farinha, por serem tão raros. À noite, caminhavam até o farol de Anthère, subiam a escada em espiral e se deitavam no piso da galeria no escuro para enxergar melhor as estrelas.

Ele tinha saído de Ville Rose na véspera do assassinato de Bernard. Flore tinha dito ao pai dele que estava grávida de seu filho, e o pai o tinha mandado para a mãe em Miami. Ele tinha dezenove anos e tinha sido expulso de casa por criar uma vida bem no momento em que seu amigo morria. A ironia disso ainda pesava sobre ele.

Quando Max Filho chegou à praia naquela noite, viu uma aglomeração ao redor de uma mulher com uma perna grande que falava para todos com as mãos. Ela usava um pano preto na cabeça que quase engolia seu rosto.

Ao lado dela, um pescador, um homem que os outros chamavam de Nozias, estava arqueado. Ele interpretava os movimentos das mãos da mulher. Ela estava com ambas as mãos erguidas na direção da aglomeração, uma palma virada para a luz do céu de começo de noite que ia se esvaindo e a outra virada para a areia, então ela as inverteu, a palma da areia agora fixa no céu e a palma do céu agora virada para a areia.

"*Mouri*", o homem ao lado dela disse. "Morto. Ela acha que ele está morto."

Morto. Essa única palavra parecia a conclusão adequada para o dia de Max Filho.

Ele passou o resto da noite embaixo de um coqueiral denso que tinha crescido numa curva, com suas raízes intricadas que se espalhavam pela areia. Ele comprou uma garrafa de cerveja Prestige, que bebeu antes de cair no sono aos pés dos coqueiros encurvados.

Quando acordou, uma fogueira tinha sido acesa e a mulher do pescador morto estava sentada ao brilho do fogo, numa cadeira baixa de sisal, recebendo as pessoas que vinham lhe desejar o bem. Grande demais para sua saia branca comprida cobrir por inteiro, a perna mais pesada dela parecia um pedaço de madeira trazido pelo mar, esperando para ser jogado no fogo.

Observar a mulher do pescador morto fez com que ele se lembrasse de um conto de fadas dos Irmãos Grimm que seu pai tinha lhe contado quando ele era menino. Da maneira como ele se recordava, um dia um pescador tirou um linguado falante do mar. Alegando ser um príncipe encantado, o linguado implorou para ser devolvido ao mar, e o pescador soltou o peixe. Quando o pescador chegou em casa, contou à mulher o que tinha acontecido, e ela deu uma bronca nele por não ter pedido nada em troca pela soltura do linguado. A mulher do pescador convenceu o marido a voltar ao mar, encontrar o linguado mais uma vez e pedir a ele um chalé para substituir o barraco em que moravam. O linguado concedeu o desejo da mulher, e logo eles tinham um chalé. Isso não era suficiente para a mulher, que fez o marido retornar várias vezes ao mar para pedir ao linguado um castelo, depois para que fizesse dela imperatriz, depois papisa, depois deusa.

A parte de que Max Filho se lembrava melhor — porque era a parte da história que o pai mais parecia desaprovar — era quando a mulher desejou o poder de fazer o sol se levantar.

O que há de errado em querer isso? Era o que Max Filho sempre tinha pensado. Quem não ia querer ter o poder de fazer o sol se levantar de acordo com sua vontade?

Ele agora se encontrava no apuro um tanto conhecido de ser um dito menino rico que estava sem dinheiro. Estava com dor de cabeça. Estava com fome de novo. Onde estava seu linguado encantado? Era o que ele queria saber.

Ele pensou em voltar para casa, mas como iria explicar sua retirada tão abrupta? O pai devia estar irritado com ele. Jessamine provavelmente também estaria irritada. Ainda assim, não tinham saído a sua procura. Ambos deviam saber onde ele poderia estar.

Max Filho se levantou e caminhou pelo meio da pequena aglomeração de pessoas que ainda estavam na praia. Então, bem quando o velório do pescador estava chegando ao fim, um pai começou a gritar o nome da filha, e as pessoas se juntaram à busca. O pai da filha perdida era o pescador Nozias, aquele que estava interpretando os gestos da mulher do pescador para os outros.

Max entrava e saía das várias seções da aglomeração e fazia como os outros, berrando: "Claire!", o nome da menina desaparecida.

O nome era tão alegre quanto soava. Era o tipo de nome que se dizia com amor, que se sussurrava no ouvido da mulher na noite antes de um filho nascer. Era o tipo de nome que se podia carregar com facilidade nos sonhos, na boca, o tipo de nome que fazia a gente levar as mãos ao peito quando o ouvia ser gritado por tantas bocas. Era o tipo de nome que poderia ser encontrado em poemas ou cartas de amor, ou canções. Era um nome de amor, não um nome de vingança. Era o tipo de nome que se podia chamar com esperança. Era o tipo de nome que tinha o poder de fazer o sol se levantar.

Mas logo todos pararam de chamar o nome da menina e começaram a se dispersar. E, quando ele ergueu os olhos para as colinas, viu que até as pessoas que estavam piscando lanternas da galeria do farol também tinham ido embora.

Quando se tratava dos costumes da cidade, ele agora estava em desvantagem, depois de passar tanto tempo longe. Ele já não sabia quem ia para a cama com quem, ou quem tinha o direito de ir para a cama com quem sem causar escândalo. E, no entanto, foi bem então que ele achou ter visto uma velha amiga dos pais dele, Gaëlle Lavaud, entrar num dos barracos dos pescadores. Ele tinha alguma lembrança vaga de seu pai ter lhe dito que iriam jantar na casa dela uma noite antes de seu retorno a Miami. Será que era mesmo ela? Será que ela agora era amante do pai dele ou amante do pescador Nozias? Ou dos dois?

De todo modo, parecia que Gaëlle Lavaud e o pescador Nozias iriam dormir separados. Porque, logo depois de terem entrado juntos, o pescador saiu do barraco e se deitou na areia entre duas pedras, confiante, parecia, de que a filha iria voltar. Assim como o pai dele também podia ter certeza de que ele logo estaria em casa.

Parte 2

1.
Estrela-do-mar

Louise George, apresentadora do programa de rádio *Di Mwen*, tossia sangue durante a menstruação desde que menstruara pela primeira vez, aos treze anos. Ao longo dos anos, ela tinha consultado muitos especialistas e feito muitos exames, mas nenhum médico era capaz de explicar de maneira satisfatória como o sangue do útero dela também aparecia em seus pulmões, depois em sua boca. Pior ainda, ninguém sabia dizer a ela por que, aos cinquenta e cinco anos, ainda não tinha entrado na menopausa, fazendo parecer que aquilo talvez pudesse durar para sempre. E, como em Ville Rose todas as coisas inexplicáveis eram atribuídas ao mundo dos espíritos, Louise tentava ser o mais discreta possível quando não estava gravando seu programa de rádio.

Isso não era difícil, porque as poucas pessoas que tinham visto seus dentes ou lenços manchados de sangue tinham ficado preocupadas que ela pudesse estar *pwatrinè*, ou ter tuberculose, por isso ficavam longe. Quer dizer, com exceção de Max Ardin Pai, que, além de ir para a cama com ela de vez em quando, às vezes a convidava para ler para os alunos na escola dele.

Max Pai conhecia Louise havia tempo suficiente para saber que o problema dela era raro, mas que um certo tipo de cirurgia no pulmão ou terapia hormonal poderia resolver, apesar de os hormônios serem extremamente caros e ainda não estarem disponíveis no Haiti, e a cirurgia ser potencialmente fatal. Então Louise se acostumou a sentir o gosto do próprio sangue, se afligindo com a questão apenas durante aqueles três ou quatro dias do mês quando tinha que se afastar completamente de tudo e de todos.

Durante esses dias em que ela ficava em casa sozinha, Louise escrevia. Ela escrevia sobre as pessoas em Ville Rose, fragmentos que absorvia das fofocas em circulação, ou *teledyòl*, ou coisas que inferia ao longo dos anos a partir das entrevistas em seu programa de rádio. O livro dela tinha começado como uma extensão do programa, mas se transformara numa espécie de peça para coral. Para si mesma, ela o chamava de *collage à clef*.

Algumas noites depois de ela ter lido para uma de suas turmas mais novas, Max Pai ligou para lhe perguntar se ela lhe faria um favor a mais, de dar aulas para uma das classes de alfabetização de adultos da escola, depois de ele ter a ideia de ensinar os pais analfabetos de alguns alunos a ler, para ajudá-los. A maior parte das crianças que podia pagar as altas mensalidades da École Ardin tinha como pais profissionais qualificados — funcionários públicos, empresários — ou tinha parentes que moravam fora e pagavam. Mas havia alguns alunos promissores cujos pais eram indigentes ou quase isso. Max Pai tinha dado a eles bolsas de estudo para que pudessem se desenvolver.

Louise ainda se apavorava só de pensar em seus primeiros momentos com aqueles pais e mães dos bolsistas quando chegasse a hora. Diferentemente das crianças, os pais e as mães não iriam simplesmente olhar para ela com admiração quando ela lesse para eles algumas de suas histórias e de seus poemas preferidos. Mas ensinar aqueles adultos era, para ela, além da oportunidade de usar a educação que tinha recebido quando moça na Faculté d'Education em Port-au-Prince, a de conseguir personagens em potencial para seu programa de rádio.

O programa tinha começado seis meses antes de um dos maiores patrocinadores da Rádio Zòrèy, Laurent Lavaud, ser morto a tiros bem em frente aos portões da estação. Ela não o conhecia muito bem, mas tinha sido uma das últimas pessoas a vê-lo com vida. Ele tinha dado uma passada rápida na sala de controle para entregar um envelope ao gerente da estação, e ela o tinha visto através do vidro durante um intervalo comercial.

No dia seguinte, um jovem redator na estação dela tinha sido preso pelo assassinato de Laurent Lavaud e então, logo depois, ele próprio fora assassinado. Ela tinha acompanhado de perto a investigação (ou a falta dela). Foi igual a todas as investigações policiais do Haiti. No começo, não se falava de outra coisa, depois esfriou e então, durante anos, sempre que o assunto vinha à tona, todos, desde o delegado de polícia até os estudantes de jornalismo diziam: "*L'enquête se poursuit*. As investigações continuam". Apesar de não continuarem.

Depois daquelas mortes e de outras, ela tinha pensado em mudar o formato do programa, daquele que permitia às pessoas expor suas queixas para outro que fosse atrás de justiça. Ela pensou em rebatizar o programa de *Seriatim*, a palavra em latim para "série". Ela também tinha pensado em *Verbatim* ou *Palavra por Palavra*, ou o termo legal que combinava os dois, mas não queria que a audiência principal da estação, gente simples e comum, se sentisse excluída. Ouvir latim uma ou duas vezes por semana na missa provavelmente era o máximo que podiam suportar. Então, agora, ela se via fazendo apenas entrevistas confessionais, mas às vezes acusatórias. A ampla audiência do programa preferia fofoca aos crimes reais, a menos que o crime contasse com elementos de fofoca. Ela gostava de começar a hora recebendo os convidados com as palavras *Di mwen*. "Conta pra mim", ela dizia. "Estamos prontos para ouvir sua história."

Antes de os pais e as mães do projeto social chegarem à escola de Max Pai naquela noite, Louise de repente entrou em pânico. Ao longo dos anos, seu corpo macilento tinha ficado ainda mais magro, fazendo com que ela, com os vestidos em diversos tons de púrpura que sempre usava, ficasse mais parecida com uma freira do que com uma personalidade famosa do rádio. Ela era um mistério tão grande para a maioria dos moradores da cidade que, certa vez, quando compareceu à missa na catedral, ouviu um homem que estava sentado atrás dela dizer que tinha ouvido um boato de *ke li manje chat*, que ela comia gatos, que implicava que ela também era alcoólatra, uma louca solitária que de algum modo conseguia se controlar apenas para gravar seu programa.

O primeiro pai que chegou para a aula de alfabetização foi Nozias Faustin, um jovem pescador careca. Estava vestido com um terno marrom de segunda mão digno de ir à igreja e uma camisa branca com o colarinho aberto. Ele era o pai de Claire Limyè Lanmè Faustin, uma menininha atenciosa de uma das salas do ensino fundamental na École Ardin. O cabelo de Claire Limyè Lanmè Faustin estava sempre trançado de um jeito que parecia ser uma centena de pequenas tranças, cada uma delas presa com uma fivela de plástico em forma de laço de cor diferente. Tirando as presilhas, que felizmente não estavam na moda quando Louise era menina, Claire era a única criança na escola que a fazia se lembrar tanto de si mesma quando era pequena. A menina era tão quieta que Louise se preocupava que pudesse haver algumas outras coisas aterrorizantes relacionadas a Claire que conectariam as duas. Será que ela, assim como Louise, tinha nascido sem absolutamente nada, de gente que não tinha absolutamente nada? Será que ela era a gêmea sobrevivente que tinha perdido uma irmã ao nascer? Será que nascera com seis dedos em cada mão, que foram atrofiados à força com barbantes amarrados bem firmes em volta deles? Será que ela tinha uma mancha em forma de aranha na barriga?

A outra participante, uma mãe, Odile Désir, era uma mulher robusta e de cara fechada que apareceu vestindo o uniforme e o avental cor de ocre de seu trabalho como garçonete de um restaurante na cidade. Louise tinha visto aquela carranca antes, e não apenas no rosto de Odile. Ela a via sempre que estava com certos adultos. Será que era causada por medo ou por pena? Que diferença fazia, no fim das contas? Será que ela devia se importar com aquilo? Mas esse tipo de autoquestionamento fez com que ela percebesse ainda mais que se importava, sim. Ela se importava porque, assim como as pessoas que entrevistava toda semana, ela flutuava pela vida, à procura de alguma noção sobre quem ela era, e naquelas caras fechadas e naqueles boatos ela sempre tinha um vislumbre, ainda que distorcido, do que podia ser. Mas naquela noite, na aula de alfabetização a três, estava muito claro o que ela era para Odile Désir: uma inimiga jurada.

O filho de Odile, Henri, era de longe o aluno mais malcriado de todas as turmas para as quais ela tinha lido na escola de Max Pai. Nem a tímida e quieta Claire era poupada das provocações e dos puxões de cabelo de Henri. Menino inquieto e bagunceiro, ele tinha, no começo do ano escolar, perdido dois dentes de leite da frente, que até agora não apresentavam sinais de serem substituídos por dentes permanentes, e ele sempre usava a abertura para cuspir nas outras crianças.

"Por que eu?", Louise tinha perguntado a Max Pai quando ele fez a sugestão de que ela assumisse a turma da noite. "Certamente um dos seus professores contratados pode fazer isso."

"Você não quer ter a satisfação de operar milagres, de fazer os cegos enxergarem?", ele perguntou, sorrindo, com uma expressão suave que, mesmo depois de tantos anos, ainda a encantava.

Desde que tinham se conhecido na Faculté — onde ela era bolsista —, Louise se lembrava de que Max Pai vivia pesquisando métodos de didática que exigiam muito de quem estava a seu redor. Às vezes ela ficava animada com essas experiências, como quando ele lhe pediu que lesse suas histórias preferidas para as crianças. E de vez em quando elas a irritavam, como a aula noturna de alfabetização que Louise agora desejava ter recusado. Às vezes, com todo aquele discurso pedagógico, emoldurado pelo rosto doce e sorridente dele, ela até tinha vontade de bater em Max Ardin. Não com força e não demais, só um tapa rápido. Mas havia também muitas ocasiões em que ela se pegava sentindo gratidão por Max porque, mesmo enquanto ele orquestrava suas tramoias pedagógicas, construía sua carreira, casava e se divorciava, ele nunca a esqueceu.

O pai e a mãe só tinham se cumprimentado com um aceno de cabeça quando chegaram naquela noite. Ambos pareciam igualmente exaustos depois de longas jornadas em trabalhos que exigiam muito fisicamente.

"Por que você quer aprender a ler?", Louise perguntou a cada um.

A mãe de Henri, Odile, deu de ombros. "Não quero que as pessoas achem que eu sou imbecil", ela respondeu, o rosto firme como uma máscara.

"Pela Claire", o pai de Claire, Nozias, disse com simplicidade, "para eu poder ajudar com as lições dela."

"As duas razões são muito boas", Louise disse, e se inclinou na mesma cadeira de balanço que ela tinha exigido que Max Pai providenciasse para que ela lesse para as crianças, em parte para conectar aquela experiência com o tipo de contação de histórias na varanda que os pais delas tinham experimentado na infância.

"Não quero que nenhum de vocês sinta vergonha", ela completou. "Vocês não tiveram as oportunidades que os seus filhos têm."

Louise tinha preparado seu pequeno discurso com antecedência, antes mesmo de saber quem estaria presente. Ela também tinha se preparado para falar aos pais e mães sobre civilizações antigas cujas populações nativas nunca souberam ler nem escrever mas usavam hieróglifos com os quais era fácil reconhecer água como linhas onduladas, e um homem ou um pássaro com o desenho correspondente. E ela também lembrou aos dois o famoso ditado: *"Analfabèt pa bèt"*, ou "Analfabetos não são bestas". Mas então se cansou daquilo tudo e de si mesma e mandou os dois para casa.

Ao saírem, o pai e a mãe passaram juntos na sala de Max Pai para reclamar, cada um dizendo que os dois tinham, a pedido de Max Pai, tido muito trabalho para ir até lá, e que madame Louise não os tinha tratado de maneira adequada.

"Tant pis", Louise disse a Max Pai quando ele lhe relatou as reclamações, na cama, mais tarde naquela noite. "Que pena."

Louise e Max Pai iam para a cama ocasionalmente desde a Faculté. Tinham parado enquanto ele estava casado, mas retomaram depois do divórcio. Louise não era apaixonada por ele; não achava que fosse capaz de se apaixonar por ninguém. Ficar sozinha era mais simples, o amálgama de vidas era muito confuso e muito bagunçado, fato que se confirmava para ela semanalmente em seu programa de rádio.

Naquela noite, na cama, na casa dela, que ficava em frente à catedral Sainte Rose de Lima, Max Pai pegou na mão de Louise por baixo do lençol. A outra estava largada na lateral da cama e, depois de um fluxo repentino de sangue às pontas, ela sentiu os dedos ficarem dormentes. Ali deitada, ela desejou que tivesse aceitado a ideia, como ele lhe sugeriu uma noite, de pintar o teto do quarto com um verde fluorescente que brilha no escuro. Max Pai certa vez tinha confidenciado a ela que, quando era menino, morria de medo de noites sem luz, de noites sem estrelas nem lua, sem nenhuma eletricidade, noites que ele chamava de "*Ki moun sa a*?", ou noites "Quem é você?", porque era difícil reconhecer qualquer pessoa. Era tão escuro que, quando se abriam os olhos, enxergava-se a mesma escuridão densa de quando os olhos estavam fechados, segundo ele. Na hora, ela tinha dado risada e dito que não, não queria que o quarto parecesse as paredes de uma sala de aula de jardim de infância. Mas agora estava pensando que podia reconsiderar a tinta que brilha no escuro. Se ela tivesse um pouco de luminescência para a qual olhar em noites assim, quem sabe não fosse mais fácil fingir que estava em algum lugar ao ar livre, com a grama a lhe fazer cócegas nas bochechas.

"*Je voudrais...*" As palavras dele interromperam os pensamentos dela. "Eu gostaria de conversar com você a respeito de algo", ele ia dizendo.

Ele soltou os dedos para passar a mão no abdome dela, contornando, no escuro, a marca de nascença em forma de aranha que ficava do tamanho de uma viúva-negra adulta quando sua barriga inchava nos dias em que estava menstruada.

"Do quê?", ela perguntou.

"Da escola", ele disse, e aproximou o rosto do seu no escuro. A vontade dela era virar para o outro lado, mas, em vez disso, ela fechou as pálpebras com tanta força que elas formaram outro tipo de céu, um céu cheio de vaga-lumes e de lanternas minúsculas.

"Você deu um tapa num aluno meu outro dia, quando foi à escola para ler", ele disse. "O filho de uma das pessoas que foram à aula hoje à noite."

Era bem do seu feitio, criar uma armadilha para ela falando daquele pai e daquela mãe ali e naquele momento e depois tentar transformar a coisa toda em lição. Ele era assim desde a Faculté, sempre ansioso para ensinar algo a alguém de maneira totalmente indireta.

"As crianças nunca apanham nas nossas instalações" era com frequência o tema das conversas noturnas deles relacionadas à escola. Isso e a insistência dele de que ela era uma ótima professora num país com tão poucos professores e que ela devia estar ensinando havia décadas, e mesmo naquele momento poderia estar dando aulas. E que ela estava desperdiçando seu tempo naquele programa. Era inútil para ela ficar lhe dizendo que achava que estava "ensinando" em seu programa.

A escola dele era uma das poucas na região com a filosofia de não bater nos alunos, que alguns pais recebiam bem e outros detestavam. A maior parte das outras escolas aplicava algum tipo de punição física, de reguadas na mão a tiras de couro amarradas nas pernas e tábuas para bater no traseiro. Mas Max Pai achava que punições físicas eram arcaicas, até bárbaras, e ficava de olho em todos, especialmente quaisquer professores que fossem acusados de comportamentos abusivos, para se assegurar de que eles não ocorressem em sua escola.

"A mãe de Henri quer uma reunião com você e comigo amanhã, depois da aula." O tom de voz dele era contido, distante. E, sem dizer mais nada, ele virou de costas para ela, de modo que agora estavam voltados para lados opostos do quarto.

"Eu preciso comparecer?", ela perguntou, ciente de que, apesar de ter uma das vozes mais ouvidas na cidade, agora parecia uma criança sendo mandada para a sala do diretor. "Eu nem sou professora lá."

"Isso precisa ser resolvido", ele disse. "E espero que você conceda ao menino e à mãe dele essa gentileza."

Não era para ser um tapa, apenas um volteio da sua mão, feito um maestro conduzindo os membros de uma orquestra, cada um com o mesmo objetivo na mente mas com instrumentos diferentes nas mãos. Mazora Henri, ou Henri Banguela, como até as crianças com dentes faltando o chamavam, tinha pernas compridas que ele sempre batia uma na outra e uma risada barulhenta e nervosa.

Entre todas as crianças para quem ela já tinha lido, ele era a que mais interrompia, tanto com sua risada excessiva como esticando o braço, sempre que ela estava de costas, para agarrar, beliscar ou empurrar as outras crianças. Sempre que ela tentava fazê-lo se aquietar, mandando que ficasse em pé sozinho no fundo da sala, ele balbuciava uma comprida lista de palavrões audíveis. Ela devia ter discutido a situação com Max Pai desde o começo, mas tinha achado que seria capaz de lidar com ele.

Na manhã específica do tapa, ela estava lendo em voz alta para a classe um poema chamado "Le Soleil et les Grenouilles", "O sol e as pererecas", do fabulista francês Jean de La Fontaine. Tendo em vista que a cidade, assim como muitas outras cidades costeiras, já não tinha nenhuma pererecas — coisa que os herpetologistas franceses ligavam à crescente possibilidade de atividade sísmica e ondas insólitas —, e tendo em vista que as crianças já conheciam relatos dos pais ou de irmãos mais velhos sobre o verão da década anterior, quando as pererecas tinham desaparecido, Louise achou que poderia ser instrutivo compartilhar o poema, um de seus preferidos, com elas.

Enquanto lia em voz alta, ficou completamente envolvida, como acontecia na rádio, com o som de sua própria voz rouca. Ela se levantou da cadeira de balanço e caminhou de um lado para o outro entre as carteiras espaçadas em intervalos regulares, parando de vez em quando para enfatizar algum trecho do poema para uma fileira ou criança específica.

... Aussitôt on ouït d'une commune voix
Se plaindre de leur destinée
Les Citoyennes des Etangs.

... De maneira abrupta, um grito
De todas as pererecas da terra
Que não conseguiam mais suportar seu destino.
O que faremos se o Sol tiver filhos?
Mal podemos sobreviver a um Sol.
Se meia dúzia aparecer
Então o mar vai secar, com tudo que tem dentro dele.
Adeus, charcos, pântanos: nossa espécie foi destruída...

Durante um tempo, ela ignorou Henri, que imitava suas expressões faciais e os movimentos dos seus lábios e fazia caretas para distrair os outros. Quanto mais Henri era ignorado, mais animada ficava sua imitação, até que a maioria das crianças parou de prestar atenção e começou a rir dele. Ou, na verdade, a rir dela.

Ela não sabia dizer quando começou, mas, em algum momento enquanto estava de costas, Henri tinha puxado a fita do cabelo de uma menina, depois tinha ido (ou pulado) até a fileira seguinte e arrancado um punhado de fivelas do cabelo de Claire Faustin. A visão do rosto estoico de Claire e das fivelas, agora espalhadas feito um monte de pulgões mortos no chão, aos pés dela, encheram Louise de raiva; ela então pousou o livro e caminhou devagar na direção de Henri.

Quando ela se aproximou, ele endireitou o corpo e olhou para a frente. Mesmo quando se postou ao lado dele, ela ainda não tinha decidido o que fazer. Será que devia mandá-lo para o fundo da sala? Mandá-lo para casa?

A intenção de Louise era apenas enfatizar qualquer comando que lhe desse ao bater com a palma da mão aberta no caderno que estava diante dele. Mas, quando ela parou na sua frente, um sorriso desdentado e debochado se abriu no rosto dele. A vontade dela era apagar aquilo da mesma maneira como se apagam palavras e números de um quadro-negro.

Ela só percebeu que tinha batido nele quando ouviu as demais crianças prendendo a respiração. Henri esfregou a lateral do rosto. Não havia marcas de dedos visíveis, nenhum sangue escorrendo por seus lábios. Ele não chorou. Em vez disso, continuou sorrindo, a abertura desdentada se alargando, até que Louise voltou para sua mesa e prosseguiu a leitura.

Naquela noite, Max Pai saiu da casa dela sem dizer nem uma palavra. Era provável que ele nunca mais voltasse a falar com ela a menos que ela comparecesse à reunião com a mãe do menino e tudo se resolvesse.

Louise passou a manhã seguinte na cama, escrevendo. Ela tinha errado ao bater no menino, sabia disso, mas não era o fim do mundo. Ele precisava daquilo. Na verdade, ele merecia aquilo. Era isso que ela planejava dizer à mãe dele. Ou talvez não. Isso, ela sabia, era o que mais preocupava Max Pai: que ela talvez não demonstrasse nenhum remorso.

Ele finalmente estava abrindo mão dela. Ela tinha essa sensação, apesar de ele não dizer em voz alta. Agora ela não teria mais as crianças a quem ler, nem aquele diabo de menino, Henri. Tampouco aquela criança luminosa, Claire. Agora ela nem sequer teria mais Max Pai. Fazia tempo que ela sentia que ele estava se esgueirando para longe, a curiosidade em relação a sua aflição bíblica se esvaindo à medida que ela adentrava a meia-idade.

No começo, ele gostava do sabor de sangue na sua boca. Ele descrevia aquilo para ela nos mínimos detalhes, como se a língua dele não estivesse dentro da *sua* boca.

"É salgado", ele dizia. Então completava: "É doce". Ele tinha certeza de que o gosto se baseava no humor dela, e ela deixava que ele discorresse sobre a questão, expressando o mesmo pensamento com palavras diferentes. E ela sonhava acordada com outras coisas enquanto ele falava e ela imaginava como iria se sentir livre sem aquela aflição e iria refletir sobre como algumas coisas podiam destruir a vida de uma pessoa, como ficar impedida de sair de casa durante alguns dias quando sua boca estava sangrando e era difícil se lembrar de quando isso não acontecia. E, de repente, o passado era seu porto seguro e o momento em que você se sentia mais livre era quando menos entendia seu corpo, quando era igual às vítimas preferidas de Henri Désir, quando era uma menininha. E essa é uma das razões por que Henri Désir precisava ser detido. Porque meninos como ele se transformavam em homens que causavam angústia, homens que acreditavam ter liberdade para destruir e mutilar, e eles tinham que ser detidos. Era por isso que ela nunca se arrependeria de ter dado um tapa nele. Ela até daria outro, ainda com mais vontade desta vez, se tivesse a oportunidade.

Odile e o filho estavam na sala de Max Pai naquela tarde, bem como ele tinha dito que estariam. Às vezes, quando Louise entrava num lugar assim, um lugar abarrotado de coisas — pastas empoeiradas e manuais educativos, carteiras e cadeiras que rangiam, coisas que poderiam ser consertadas ou transformadas ou descartadas com facilidade mas eram mantidas como numa reverência nostálgica ao passado —, ela se sentia como se também fosse uma relíquia. Tudo era velho naquela sala, exceto o menino, Henri.

Max Pai estava sentado atrás de sua escrivaninha rachada. Ele pareceu aliviado por ver Louise ali e soltou um suspiro bem alto quando ela entrou. Mais uma vez, Odile vestia seu uniforme com avental. Parecia que ela queria mostrar a toda a cidade que tinha emprego. Ela e o filho estavam sentados do outro lado da mesa de Max Pai, num par de cadeiras de palha altas; um dos pés do menino estava dependurado na beirada. Uma cadeira tinha sido trazida para Louise e colocada entre as deles.

Max Pai parecia estar dividido entre seus papéis, virando de um lado para outro para olhar para todos. Louise percebeu que ele estava escolhendo suas palavras com cuidado. Finalmente, disse com simplicidade: "*Allons*. Vamos começar".

Odile se levantou de um pulo e massageou as nádegas, nas quais a cadeira tinha deixado um vinco úmido de suor. Louise também se levantou de sua cadeira, então Max Pai fez o mesmo.

Todos estavam em pé, à exceção de Henri, que agarrava as laterais da cadeira com os punhos cerrados enquanto batia os tênis contra um dos apoios de pé sem fazer barulho.

"Madame?" Odile deu alguns passos hesitantes na direção de Louise. "Ouvi dizer que a senhora deu um tapa no meu filho."

Odile continuou se aproximando, até Louise sentir e cheirar o hálito quente de Odile em seu rosto, quase podendo descrever, se pressionada, o que ela tinha comido no almoço.

Odile estendeu a mão na direção da cadeira de Henri e, sem tirar os olhos de Louise, agarrou o menino pelos ombros e o postou entre elas. Louise observou, com frio desinteresse, que ele estava atipicamente obediente, flácido; seus braços pendiam moles ao lado do corpo.

"Meu filho sempre me disse", Odile falou, "que a senhora é muito boa pessoa. Ele me disse que é diferente de todos os professores aqui, que, mesmo que sejamos pobres, a senhora o trata igual a todas as outras crianças e que leu várias coisas maravilhosas para ele. Eu disse a mim mesma: 'Meu filho tem muito a aprender com ela, essa mulher tão grandiosa e famosa'. Estou mentindo, filho?" Odile pegou no queixo do filho e puxou o rosto dele para a frente, na direção delas. Henri sacudiu a cabeça para dizer que não. Estava com a boca fechada, mas seus lábios tremiam, e pareceu a Louise que, pela primeira vez desde que o tinha conhecido, ele estava prestes a chorar.

"Vamos todos nos sentar agora", Max Pai disse enquanto tamborilava na mesa.

"Veja bem, *Msye*." Odile então voltou a atenção para Max Pai. "Eu sei que, na sua escola, não se bate nas crianças. Recebi essa informação bem no dia em que ele foi aceito aqui. Eu sou uma mulher pobre. Ainda assim, ele foi aceito. Agradeço por isso. Mas não posso agradecer pelo resto. Se meu filho fez algo errado, eu lhe daria permissão. Colocaria meu X num papel se precisasse, para permitir que ele recebesse um castigo adequado. Mas eu nunca permitiria que alguém desse um tapa no rosto do meu filho, como se ele fosse algum tipo de *chimè*, de *brigan*, ou de criminoso. *Non, non*. Isso não é correção. É humilhação."

Odile então pegou na mão de Henri com gentileza e o guiou para o lado. Livre, ele escondeu o rosto atrás de uma das cadeiras. Odile deu um passo atrás, respirou fundo e então mirou em Louise.

O tapa pousou na bochecha de Louise antes que ela pudesse entender o que estava acontecendo. Sua cabeça virou tão rápido que cada uma das orelhas tocou em cada ombro por um momento. Sua bochecha latejava. Ela sentiu que estava quente, depois morna, depois dormente, de modo que, se Odile lhe desse outro tapa, provavelmente não sentiria nada. Mas a coisa mais dolorosa de tudo era que parecia que o tapa tinha vindo de Max Pai. Era como se ele tivesse batido nela.

"Agora, terminei", Odile disse a ela e a Max Pai. "Não quero mais falar de tapas. Só ensine meu filho. E lembre-se: correção, não humilhação."

Odile agarrou a mão de Henri e o puxou em direção à porta. Ao sair, com o ar de contentamento de alguém que foi vingado, Henri se virou de frente para Louise, abriu a boca e mostrou a ela a abertura entre seus dentes da frente: sua versão de um sorriso de comemoração.

Louise ouviu a si mesma respirar alto enquanto tentava massagear a bochecha para trazer de volta alguma sensação.

A porta velha da sala rangeu atrás de Odile e Henri quando eles saíram para o pátio.

Max Pai voltou a se acomodar na cadeira antiga atrás de sua mesa e fez um gesto para Louise também se sentar. O olhar dele estava fixo nela como se, ela imaginou, ele estivesse pensando nos dois sozinhos num daqueles quartos escuros de sua infância, naquelas noites de "*Ki moun sa a*?", naquelas noites de "Quem é você?", e estivesse tentando entender quem ela era na verdade.

Ela era Louise George. Essa era quem ela era. Ela sempre tinha feito todo o possível para se proteger de insultos e de injúrias como aquela. Só que, para ele, ela tinha baixado a guarda com aquelas crianças, e veja só no que tinha dado, num momento escuro como breu só dela.

Um zumbido soava em seus ouvidos, mas ela achou ter ouvido Max Pai perguntar: "*T'es bien*? Você está bem?".

"Por que permitiu que ela fizesse isso?" Ela apertou a palma da mão contra a bochecha e a massageou num leve movimento circular.

"Depois de tantos anos de amizade", ele disse, "acha que eu diria a ela para fazer isso com você?" Ainda assim, ele não parecia nem chocado nem ultrajado, e não se levantou da cadeira para se aproximar dela e lhe dar consolo.

Independentemente do que ele dissesse, ela achava difícil acreditar que ele não aprovava que aquela mulher tivesse lhe dado um tapa. Odile devia ter sentido a mesma coisa. Senão, ela nunca teria se arriscado a fazer aquilo. Ela nunca arriscaria que seu filho fosse expulso da escola, ou algo pior.

Louise agora estava se sentindo um pouco tonta. O som rangente da cadeira de Max Pai ecoava dentro da sua cabeça, a voz dele entrava e saía dos ouvidos dela. Por que ele mesmo não tinha lhe dado um tapa?, ela se perguntava.

Ele não queria mais que ela fizesse parte da vida dele nem da escola. Ela já vinha sentindo isso havia algum tempo, mas não tinha certeza absoluta. Ele então se virou para olhar para um dos seus armários velhos de madeira, abarrotado com anos de dossiês e registros de alunos. "A escola é a minha vida agora", ele disse, "e precisa ser do jeito certo."

Ela já o tinha ouvido falar de tudo aquilo antes. Ali, na escola, ele ainda era capaz de cuidar de infâncias e guiá-las sem assumir toda a responsabilidade pelo desfecho. As crianças não eram seus filhos. Ele não podia se culpar totalmente pela falta de determinação, pelo egoísmo e pelas falhas delas, sua disposição de estragar a própria vida e a dos outros. Mas ele podia ao menos protegê-las enquanto ainda eram pequenas e estavam sob seus cuidados.

"Apesar de esta ser a minha escola", ele disse, "meu filho, quando tinha a idade desse menino Henri, sempre era mal-entendido pelos professores aqui. E, apesar de nunca terem batido nele fisicamente, costumavam bater nele com palavras. É por isso que eu jamais vou permitir algo como o que você fez aqui."

"Não estamos falando do seu filho!", ela gritou.

"Então, existe uma coisa chamada contrato social", ele disse.

"Eu não merecia levar um tapa", ela disse.

"Aquele menino também não." Ele empurrou a cadeira para a frente, na direção de Louise, aumentando o barulho estridente que ela fazia.

"Você nem explicou para a mãe dele", ela disse. "Nem tentou ajudar a fazê-la enxergar meu lado."

"Você não tem lado aqui", ele disse. "Além do mais, não esteve presente em todos os momentos em que eu estava com ela."

"Então, por que o outro homem estava presente ontem à noite, aquele homem, Faustin?"

"Porque", ele disse, "como ouvi das outras crianças, Henri bateu na filha dele. Eu tinha esperança de que você fosse corajosa o bastante para garantir àquelas duas pessoas que os filhos delas estão a salvo conosco."

"Então devia ter chamado a classe toda para comparecer ontem à noite", ela disse, "porque aquele menino bateu em cada uma daquelas crianças."

"Isso pode até ser", ele disse. "Mas..."

"Então foi um *konplo*", ela disse, interrompendo. "Uma tramoia para *me* humilhar?"

"Não seja dramática, Louise", ele disse. "Não estamos no seu programa agora." E a maneira como ele torceu a boca e curvou os lábios lembrou a ela o quanto ele detestava seu programa.

Aquilo podia ser apenas uma dispensa rebuscada, ela pensou. Ela própria poderia ter escolhido uma maneira mais simples de se despedir. Mas era de Maxime Ardin que estávamos falando aqui. Maxime Ardin *père*, *le premier*, Pai. O filho era *fils*, *deux*, Filho. Maxime Ardin Pai não conhecia nenhuma maneira simples de se despedir. E, quando ele não podia nem se divorciar de você nem expulsar você, a menos que fosse um dos alunos dele, parece que ele mandava alguém agredir você.

"Se eu tivesse feito o que você fez", ele disse, parecendo tão irritado que seus dentes mordiscavam o lábio inferior, "eu iria me afastar do meu cargo. Não poderia continuar aqui."

Ele se levantou, sentou-se, levantou-se, então voltou a se sentar, mas não se aproximou dela. Aquela temida sensação de solidão que ela experimentava com tanta frequência retornou.

"Agora você pode ter mais tempo para o seu programa", ele disse. Outra vez, ela notou sua expressão de desdém, pelo programa e agora também por ela. Ele tinha lhe dito várias vezes que ela poderia ter sido uma ótima professora e que o programa a tinha impedido. Mas agora ele sabia que ela nunca poderia ter sido esse tipo de professora, e que não havia mais muita coisa para admirar.

"Também pode continuar escrevendo seu livro", ele ia dizendo. O tapa que ele tinha designado a outra mulher também tinha a intenção de empurrá-la na direção desse outro talento redimível, a escrita de seu livro.

Uma das coisas que ele mais gostava de lhe dizer era que ela era igual a uma estrela-do-mar: sempre precisava que um pedaço seu fosse arrancado e fosse embora para que ela se transformasse em algo novo. Claro que isso sempre tinha sido mais verdade em relação a ele do que a ela.

Quando ela deu meia-volta para sair da sua sala, percebeu o que ele pensava que estava tentando devolver à vida a tapa, uma mulher mais forte e mais livre que ele pudesse tanto salvar como admirar. Aquele tapa, ela sabia, ele considerava, de modo perverso, um presente para ela, um ato complicado de gentileza.

2.
Aniversário

Na noite em que o marido de Gaëlle Lavaud morreu, ela pensou que todo mundo devia morrer. Depois do assassinato de Laurent em frente à Rádio Zòrèy, ela tinha vendido a casa deles e se mudado para a casa de seus avós na colina de Anthère. Ela tinha deixado a loja de tecidos na mão dos empregados, então passado meses na cama, também esperando morrer. Apesar de todo mundo dizer que seu leite seria afetado pela tristeza e iria encher a filha dela, Rose, de tristeza, Inès, sua empregada, insistiu para que Gaëlle amamentasse a menina como forma de salvar tanto a criança como a si mesma. Gaëlle só saiu da cama quando não conseguiu mais fazer com que a filha ficasse ali, quando a criança começou a engatinhar. E, quando a filha começou a andar, Gaëlle voltou a andar. E, quando Rose começou a falar, Gaëlle voltou a falar.

Ela teve vontade de fechar a loja de tecidos, mas voltou para lá, porque tinha sido tão importante para seu marido e, diferentemente da casa, estava localizada numa parte da cidade menos suscetível a inundações, deslizamentos de terra e outros desastres em potencial. O movimento tinha diminuído, em todo caso. As pessoas estavam comprando menos tecido e mais roupas prontas usadas, *pèpè*, importadas. Ela agora vendia praticamente só tecidos para uniformes escolares, e até isso estava diminuindo. Além do mais, durante seu período de luto, muitas de suas amizades tinham se dissolvido. Ela já não ia a batismos, comunhões nem recepções de casamento nas melhores casas da cidade. Ela até se recusava a escutar transmissões da estação de rádio, onde o marido tinha passado tanto tempo.

O assassinato do marido dela nunca seria desvendado. Disso ela sabia. Nunca haveria um processo adequado. Propinas e corrupção impediriam que qualquer pessoa fosse levada à justiça. Então ela aceitou a oferta de dois policiais das Forças Especiais — amigos de infância tanto dela como do marido — de buscar outro tipo de justiça. E, quando eles retornaram de suas missões, forneceram ainda mais detalhes do que ela buscava. Tinham entrado no quarto vermelho de um rapaz, feito o sinal da cruz e então o mataram a tiros enquanto estava ali deitado em sua cama, um rapaz que antes trabalhava na estação de rádio onde o marido dela tinha sido morto. Depois, tinham voltado e posto fogo no galpão que a gangue do bairro chamava de lar, espalhando querosene na entrada, e tinham matado o líder, Tiye, e seu braço direito. O incêndio tinha se espalhado pelo galpão, depois para o restaurante vizinho.

Ela não tinha sentido o tipo de alívio que achava que sentiria quando escutou tudo aquilo. Ela não tinha achado que as mortes trariam seu marido de volta, mas achava que o buraco pareceria fechado, mas nunca pareceu. Ela comparou aquilo a fazer estampas. Por mais tempo que se deixasse o pano na tintura, se o tecido fosse encerado, a cor não mudaria. Pouco tinha mudado para ela. Algumas poucas amizades a tinham transformado em juíza, júri e executora. Mas ela continuava se sentindo impotente, incapacitada, amaldiçoada.

Por muito tempo, ela não tinha se permitido pensar em tudo isso, quer dizer, até o dia em que sua filha morreu. Talvez não tivesse sido acidente, mas algum desígnio cósmico terrível que parecia abarcar todos os envolvidos. Talvez ela não fosse digna de envelhecer com o homem que tinha amado durante a maior parte da vida. Ou de ver a filha crescer. Será que em algum lugar havia alguém controlando os fantoches, alguém que nutria desprezo por ela e tinha decidido que ela devia ser transformada em exemplo? Será que ela tinha se amaldiçoado ainda mais quando entregou sua raiva nas mãos dos amigos das Forças Especiais? Talvez tenha sido aí que também ficou decidido que o obituário da filha no *La Rosette* não diria que ela tinha morrido depois de uma batalha valente contra uma longa doença.

O motorista do carro que tinha atingido a motocicleta em que a menina estava, fazendo com que sua única filha voasse pelos ares e morresse, era uma pessoa que ela conhecia, um jovem hoteleiro de uma família proeminente na cidade. Ele era um Moulin.

Ela não quis que a filha crescesse igual à família Moulin ou às outras crianças de famílias ricas, que pareciam ainda mais ricas porque moravam numa cidade pobre. Mas ela se culpava todos os dias por não ter ido buscar Rose na escola naquela tarde com seu próprio carro.

Depois que Rose morreu, ela sempre pensava na primeira vez que teve de se afastar dela por algumas horas. Foi para comparecer ao enterro de seu marido. Sabe aquela sensação que a gente tem quando está prestes a deixar a filha e ela chora como se nunca mais fosse voltar a ver a gente e a gente fica com medo de que a tristeza imensa dela possa se transformar num mau presságio? Ela gostaria de nunca ter parado de sentir aquilo. Ela gostaria de ter visto cada simples despedida como maldição pelo que ela tinha feito. Ela gostaria de nunca ter deixado que a filha saísse de sua vista, nem por um minuto.

Alguns meses após a morte de Rose, a visão de Inès começou a falhar. Havia gente mais nova para fazer o trabalho que ela não estava fazendo, Inès tinha lhe dito, e Inès queria passar seus últimos dias em seu vilarejo ancestral nas montanhas. Apesar de já fazer muitos anos que Inès tinha partido, Gaëlle às vezes ainda tinha tanta saudade da companhia dela que acordava de manhã e esperava Inès chegar para lhe servir o café, assim como às vezes esperava a filha entrar pela porta e pular na cama dela. À noite, depois de um dia inteiro observando menininhas entrar e sair da loja de tecidos com as mães, Gaëlle imaginava Rose como uma menina de oito, depois nove, agora dez anos de idade. Seus dentes de leite teriam caído, sua gordurinha de bebê daria lugar aos músculos da pré-adolescência. Sua voz estaria mais definida, mais confiante. Ela também iria se vestir sozinha, escolheria suas próprias roupas novas e pentearia o próprio cabelo. Ela andaria de bicicleta, nadaria no mar. O mais provável era que sua paixão por secar flores silvestres entre as páginas de cadernos continuasse. Ao lado delas, poderia colar fotos recortadas de revistas de astros de cinema e da música. Rose continuaria tirando notas ótimas na escola — Gaëlle teria se assegurado de que fosse assim —, mas será que ainda iria querer brincar com a dezena de bonecas de pano que, ignorando seus brinquedos mais refinados, as duas tinham confeccionado juntas? Será que ela ainda iria querer subir a escada do farol para olhar o mar? Será que ainda ia querer fazer, junto com as amigas, a dança do mastro, na época do Carnaval, ou usar o mesmo cocar de penas com sua fantasia de taino para o desfile das crianças? Será que ela ainda ia querer empinar pipa nas tardes de sábado, depois descer para ver os filhos dos pescadores lançarem seus barcos em miniatura na água e correr pela praia atrás deles, perseguindo as tampas de balde de plástico que usavam como frisbees? Será que ela ainda ia querer saber o que era o céu e o que o pai dela estava fazendo lá? Será que ela ainda jogaria a cabeça para trás e gritaria: "*Papa!*" para as nuvens e depois perguntaria, se todo mundo estava no céu, por que havia necessidade de cemitérios? Por que os mortos simplesmente não saíam flutuando e iam embora igual a balões?

Gaëlle tinha preenchido alguns dos anos desde a morte da filha com esse tipo de perguntas sem resposta e com a companhia de homens que estavam interessados ou em dinheiro, ou em sexo, ou nos dois. Será que eles não percebiam, ela sempre se perguntava, que ela era uma casca, um zumbi, assim como tinha sido quando estava grávida da filha e tinha certeza de que a filha nasceria com problemas ou morta, assim como tinha sido também naquele primeiro momento depois que o marido dela tinha morrido? Será que não percebiam que ela queria estar onde quer que as almas do marido e da filha estivessem? Apenas Max Pai tinha entendido isso, porque ele tinha escutado com atenção sua história sobre ter contratado os vingadores das Forças Especiais enquanto segurava a mão dela.

Na noite da vigília pelo pescador perdido, Caleb, Gaëlle estava à espera de Max Pai e o filho dele para o jantar. Ela tinha faltado à festa de boas-vindas de Max Filho na véspera e tinha preferido convidar o Ardin mais novo, por meio do pai dele, para ir a sua casa. Mas, naquela mesma noite, mais cedo, Max Pai tinha ligado para cancelar sem oferecer explicação.

Antes de sair para a vigília do pescador, a jovem empregada de Gaëlle, Zette, tinha deixado para ela um prato de carne de porco e bananas-da-terra, que Max Pai tinha requisitado como parte do jantar. Gaëlle engoliu a comida, deitada na cama, usando um vestido longo de cetim prateado, que pretendia usar para o jantar com os Ardin, pai e filho. Mas o cabelo ainda estava enrolado em bobes quando Max Pai ligou. Com as persianas amplas das janelas do quarto abertas, ela pôde ver algumas casas se acenderem na colina, muitas delas ocupadas apenas parte do ano porque os proprietários moravam na capital ou no exterior. Ela também enxergava o farol de Anthère, ao redor do qual todo o bairro dela tinha sido construído.

A galeria do farol estava repleta de meninos, alguns deles lutavam contra o vento para acender lâmpadas de querosene, enquanto outros giravam lanternas. O avô de Gaëlle, o pai da mãe dela — empreiteiro e engenheiro —, tinha construído aquele farol com a ajuda de um grupo de pescadores. Alguns desses pescadores ainda estavam vivos, mas a maioria morava em outro lugar ou tinha morrido. Quando um bairro refinado — Anthère, batizado por causa do estame de uma rosa — surgiu na colina, havia pouca necessidade do farol, as luzes das casas se tornando elas próprias o facho de luz. O prefeito e outros oficiais da cidade não tinham demonstrado interesse em gastar dinheiro para fazer a manutenção do farol. Mas ele tinha sido tão bem construído — com uma torre de quinze metros e plano focal igualmente alto — que se recusava a apodrecer.

No passado, quando o farol funcionava, era todo pintado de branco e tinha uma lanterna vermelha e um quebra-vento no alto. O avô dela e os outros voluntários que cuidavam da luz garantiam que as lamparinas de querosene que alimentavam a lanterna fossem acesas toda noite ao pôr do sol, produzindo dez clarões por minuto. Tudo isso ela tinha aprendido com o avô. Ele a conduzia pela mão, subindo a escada em espiral até a galeria do farol. O ar era sempre úmido e estagnado na câmara interna, os espaços embaixo da escada cobertos de teias de aranha intricadas.

Mas chegar à galeria do farol era sempre seu momento preferido. De lá, ela podia enxergar a terra, as montanhas e o mar banhado de sol, névoa ou neblina, dependendo da estação, ou da hora do dia. Seu avô deixava que ela puxasse a alavanca que fazia soar a sirene de nevoeiro do farol, e ela gritava por cima do barulhão, incapaz de ouvir a própria voz. De vez em quando, se ela tivesse sorte, eles avistavam um arco-íris. O avô dela era capaz de distinguir a faixa de luz mais fraca nas nuvens ou nos bancos de neblina distantes.

Mas agora o farol só era colocado em modo de salvamento quando alguém desaparecia ou em modo de luto quando alguém morria. A pintura do exterior havia muito tempo tinha desbotado, deixando o cimento e as pedras expostas. A lanterna também já não estava lá fazia muito tempo. Castigada por pássaros perdidos, tinha levado tantos encontrões que acabou desabando. Antes disso, a lanterna tinha sido infestada por morcegos. A sirene de nevoeiro também tinha desaparecido, removida, ela desconfiava, por alguém ou por um grupo de alguéns que tinha encontrado uso melhor para ela. Fazia tanto tempo que ela não entrava no farol que não sabia em que estado se achava a escada, mas o fato de que sempre tinha tanta gente por lá significava que devia estar aguentando bem.

Enquanto observava as luzes bruxuleantes da galeria que ela tanto adorava, ela disse a si mesma que devia consertar o farol. Devia mandar fazer reparos e muni-lo de equipamentos modernos, um painel solar ou algo que fizesse o farol operar sozinho. Ao colocar o prato vazio na mesa de cabeceira ao lado da cama, ela resolveu que ofereceria um farol, restaurado, à cidade, como presente, e faria uma reabertura oficial com uma enorme comemoração.

Ela se levantou da cama e foi até outro quarto da casa, que era mobiliado como todos os demais, com uma cama com dossel, um guarda-roupa e um tapete tecido da mesma cor das cortinas. Dali, ela enxergava dezenas de pessoas caminhando de uma ponta da praia à outra, como se tivessem esperança de ser aquelas que encontrariam o pescador perdido.

Observando a fogueira de outro quarto ainda, o quarto que, ela tinha imaginado, seria de sua filha um dia, quando a filha deixasse de dormir com ela, Gaëlle saiu para o amplo terraço que fazia daquele quarto o segundo melhor da casa. No começo, ela sentiu um calafrio e abraçou a si mesma, mas logo deixou para lá e, em vez disso, concentrou-se nas vozes que rodopiavam a seu redor num murmúrio ininterrupto, algumas vindas do farol e outras da praia.

Ela já estava tentando esquecer sua promessa de restaurar o farol. Como escolher o que você vai consertar quando tanta coisa já foi destruída? Como ela podia pensar, perguntou a si mesma, que seria capaz de reviver ou salvar qualquer coisa?

Seus pensamentos retornaram a Max Pai e o filho dele não terem comparecido ao jantar. Ela estava contando tanto com aquilo, como um modo de preencher mais algumas horas naquele dia terrível, como um modo de fazer alguma outra coisa, ainda que apenas por um curto período. Ajudava, depois de visitar o túmulo do marido e da filha, participar daqueles tipos de atividades normais naquele dia, fingir durante algumas poucas horas que ela não estava mais sofrendo tanto quanto no ano anterior.

Sua filha tinha sido aluna da École Ardin, a escola de Max Pai. No ano anterior, no aniversário da morte da sua filha, depois de comparecer à posse de prefeito do amigo deles, Albert, e depois de conversar com o pescador Nozias sobre a filha dele e resolver não ficar com ela, e depois de Max Pai ter se cansado da festa de comemoração com fogos de artifício na colina de Anthère, eles tinham se visto no Pauline's, um bar bem cheio com um bordel no andar de cima, localizado nos arredores da cidade. O lugar mal iluminado e fumacento era gerenciado por outro velho amigo deles, um barman canadense vesgo de cinquenta e tantos anos. Ela estava com um hibisco branco preso atrás da orelha esquerda. A flor tinha acariciado a bochecha de Max Pai quando ela o cumprimentou com um beijinho. O beijo demorou um pouco, e isso pareceu surpresa para ele, e ele perguntou se ela estava sozinha. Ela disse que sim, e ele disse que agora também estava, mas que só tinha ido até lá para tomar um drinque.

Quando chegou a hora de ir embora, ela fez de novo menção de dar um beijo nele, desta vez nos lábios. Depois que os

lábios deles se separaram, ele ergueu a mão até o rosto e tra-
çou o contorno da sua boca em cima da boca dele. Eles se co-
nectaram com aquele beijo, e ele logo começou a fazer visitas
a ela em sua casa.

Ele era um amante inconstante, e ela até pensou que ele podia estar indo para a cama com mais alguém. Ela se encontrava com ele uma ou duas vezes por semana, mas nunca mais
do que isso.

"Eu sei que hoje é um dia infinitamente difícil para você",
ele tinha dito antes, no telefone, do mesmo jeito que tinha
feito naquela mesma noite, um ano antes, no bar.

"Todo dia é infinitamente difícil para mim", ela tinha
respondido.

Naquela primeira noite, depois que fizeram amor, ela tinha dito a ele que iria encontrar um homem para se casar, que
convenceria o homem a levá-la para longe, para Port-au-Prince,
ou até para outro país. Havia lembranças demais naquela cidade para segurá-la ali e fazer com que tivesse vontade de fugir ao mesmo tempo.

"Ninguém jamais vai amar você tanto quanto você ama sua
dor", ele tinha respondido, as palavras reverberando ainda
mais na escuridão.

No começo ela não tinha compreendido o que ele queria
dizer, mas acabou lhe ocorrendo que talvez ele tivesse razão.
A dor dela, suas perdas: era isso que a mantinha naquela cidade. O fato de ele se aperceber disso, sua compreensão de
tudo, fazia com que ele parecesse ainda mais atraente, mais
poderoso. Essa capacidade momentânea de reconfortá-la fez
com que todos eles parecessem mais poderosos: os policiais
das Forças Especiais, os atendentes de bar, os Max Pais, esses
homens pareciam capazes de existir por completo no mundo,
algo que ela desejava poder extrair deles.

Olhando para uma fileira de buganvílias embaixo de seu terraço, Gaëlle passou os dedos pelos lábios exatamente como, no começo do caso deles, Max Pai fazia com tanta frequência. Aquela casa, com toda a sua madeira que rangia e seus espaços vazios, frequentemente a levava a gestos desesperados. Sempre que Zette ou o jardineiro estavam fora, ela sentia todo o peso de estar sozinha. Filhos únicos de filhos únicos em geral acabam sem parentes. Esse sempre tinha sido o argumento do marido dela para os três outros filhos que eles pretendiam pôr no mundo.

Gaëlle calçou os chinelos e saiu de casa, com toda a intenção de caminhar até a praia. Mas ela viu, ao lado do velho Cabriolet enferrujado do marido dela, o Mercedes novo, branco e anguloso que ela tinha comprado, desejando que eles tivessem tido algo assim quando ele estava vivo. Com Elie, o mecânico genial da cidade, para manter o carro funcionando, ela tinha dirigido o Cabriolet até um ano antes quando, assim como tudo mais, o carro morreu.

Ela correu de volta para o quarto, pegou as chaves na bolsa. Pensou em tirar o vestido de noite, remover os bobes do cabelo, trocar os chinelos por sapatos, mas decidiu que não.

O Pauline's estava quase vazio, exceto por alguns homens que tinham ido até ali visitar as moças que estavam no andar de cima, no bordel do estabelecimento. O amigo barman estava em seu posto e, em vez de se sentar no restaurante junto com os homens que esperavam, ela se sentou numa banqueta de madeira em frente a ele. Ele se debruçou por cima do balcão e envolveu os ombros dela num abraço com cheiro de álcool. Alguém os observava de uma das mesas do outro lado da pista de dança vazia, um homem barbado, musculoso e de pele cor de oliva. Ele parecia jovem e sofisticado apesar da barba, enquanto a camisa cara, do tipo que tem o nome do designer em destaque com lantejoulas nas costas, proclamava que ele tinha dinheiro. Era o tipo de homem por quem as moças brigariam num lugar como aquele, o tipo que elas achariam ser capaz de detectar que elas não eram todas comuns, que algumas até tinham estudado, até onde tinha sido possível, com a ajuda da família. Algumas tinham chegado até a universidade. Mas, por motivos financeiros, não tinham tido a possibilidade de terminar, nem de achar algum outro tipo de trabalho.

Em suas visitas regulares ao Pauline's, Gaëlle tinha visto moças muito bonitas em pares, trios e quartetos se apresentarem para homens assim. Com seu vestido de noite justo e refinado e seus bobes, ela deve ter sido confundida pelo rapaz com uma das moças da casa, ou quem sabe até com a madame delas, num intervalo.

"Quem é aquele rapaz?", ela perguntou ao atendente.

"É Yves Moulin", ele respondeu, e se apressou em colocar uma taça de vinho tinto diante dela e compartilhar de sua aparente agonia ao ouvir aquele nome. "Com aquela barba e todo o ferro que ele anda puxando", ele acrescentou, "está irreconhecível."

Yves Moulin era o rapaz que tinha batido na motocicleta em que a filha dela estava. A família dele era dona de um hotel famoso entre Ville Rose e Cité Pendue. Antes do acidente, Yves Moulin era o astro do time juvenil de futebol em Ville Rose e todo mundo achava que ele seria recrutado por um time na Europa. Mas, depois do acidente, ele desistiu completamente de jogar e passava a maior parte do tempo no seu quarto do hotel. Diziam que ele não conseguia tirar da cabeça a imagem da filha dela, do corpo da filha dela decolando da garupa da motocicleta e parecendo voar pelos ares. Especulavam que ele não conseguia separar aquela imagem do ato de chutar uma bola de futebol. A bola também saía voando. E era o pé dele que se recusava a permitir que ela ficasse no chão.

148

O modo como a fofoca da cidade fez os pesadelos dele virem a público a levava a imaginar os tipos de história que contavam sobre ela. Que tipos de palavra teriam posto na boca dela? Por mais que ele tivesse perdido muita coisa ou por mais remorso que ele tivesse demonstrado, por mais que todo ano, no aniversário do acidente, Yves Moulin depositasse um pequeno buquê de rosas brancas no túmulo da filha dela, cada rosa por um ano da idade que sua filha teria, se tivesse vivido, por mais que ele tivesse tentado mostrar a ela que ele também se lembrava da filha dela, ela não era capaz de perdoá-lo.

Os olhos dela encontraram os dele através da pista de dança vazia. Ele olhou para ela, então seus olhos se desviaram na direção da entrada principal, como se ele estivesse procurando uma rota de fuga.

Ela não o tinha visto nem tido notícias dele desde que ele fora a sua casa no dia seguinte à morte de sua filha a fim de se oferecer para pagar as despesas do enterro. Os pais dela, vindos de Port-au-Prince para a ocasião, o tinham mandado embora antes mesmo de ele entrar, e ele tinha feito a gentileza de não voltar mais. Ele tinha feito um bom trabalho em não aparecer, até agora. Ou podia ser que ela o tivesse visto e não o tivesse reconhecido. Às vezes ela achava que o tinha visto, no meio de mais gente ou de longe, mas no segundo seguinte ele desaparecia e a fazia se perguntar se, quando o via, era igual àquelas vezes em que ela achava que tinha visto a filha também.

"Parece que ele quer cumprimentar você", o atendente murmurou.

E, antes que Gaëlle pudesse descer da banqueta e fugir, Yves Moulin estava bem na frente dela, a menos de um braço de distância.

"*Bonsoir*", ele disse. O corpo dele era grande, imponente, sua voz, mais grave.

Como ela não respondeu, ele deu meia-volta e retornou à mesa a que estava sentado antes. Ele virou num gesto ligeiro a última metade da bebida que estava tomando e se retirou.

Pouco depois, algumas das moças desceram para se despedir de um cliente e cumprimentar outro. O barman ofereceu a Gaëlle uma bebida mais forte do que vinho. Combinou o conteúdo de diversos recipientes e deslizou uma mistura alta e colorida na direção dela. A bebida serviu como entorpecente, como ela esperava que serviria, o bastante para lhe dar coragem suficiente para voltar ao carro e se dirigir à praia.

Pegando atalhos e caminhos pouco usados, os *épines*, enquanto observava as nuvens de insetos que os faróis do carro atraíam, ela não pôde deixar de pensar que, se o barman não tivesse dito a ela que era Yves Moullin, era possível que tivesse ido até sua mesa e se oferecido a ele. Naquela noite, assim como em tantas outras, ele poderia, no fim, ter sido apenas mais um rosto gentil, mais uma voz reconfortante, mais um par de braços para enlaçar seu corpo. Ele não precisaria dizer muita coisa. O que ele disse, *"Bonsoir"*, poderia ter sido suficiente. O triste é que ela estava pensando, feito uma boba, que aquilo ainda podia ser viável. Imaginou se os dois ficando juntos daquele jeito — para amar, não para matar — não poderia resolver tudo afinal. Será que ela olhar para o rosto triste dele, e ele estar na cama triste dela, podia ajudar os dois a anular aquele momento na rua? Ela também poderia julgar por si mesma se o que todos diziam era verdade, por mais magoada que estivesse.

Quando ela finalmente chegou à praia, avistou um grupo de menininhas. Elas estavam de mãos dadas e se moviam em sentido horário, em roda, uma roda que cantava, uma *wonn*. Ela estava longe demais para escutar o que cantavam, mas dava para ouvir a risada delas: cada menina parecia querer se destacar mais que a outra. Elas pareciam ser as pessoas mais felizes de Ville Rose, seis pequenos anjos marrons e negros saltitando ao redor de cipós-da-beira-mar e bolachas-da-praia.

Ela se deslocava devagar, não queria que o prazer de sua aproximação terminasse. Ela tinha brincado de *wonn* quando era criança, no recreio, e à noite, no quintal da casa dos pais, com amigas que iam fazer uma visita. Mas o que ela mais se lembrava daquilo era como se sentia menos sozinha quando dava a mão para alguém.

Teria parecido estranho — já teve quem fosse acusada de feitiçaria por muito menos — se ela dissesse a alguém como tinha vontade de levar todas aquelas menininhas para casa, acomodá-las nos vários quartos vazios da casa dela e, sempre que estivesse triste, lhes pedir que brincassem com ela. Havia muitos dias em que ela tinha vontade de pegar uma menina pequena e abraçar, só para sentir o cheiro dela, aquele cheiro ausente nos homens. O cheiro deles era rançoso: tinham cheiro de rua e de pó e de colônia que nunca conseguia disfarçar o ranço. Tinham cheiro de trabalho, de suor, de outras mulheres. Mas as menininhas cheiravam a rosas e folhas molhadas, a talco e a orvalho.

Apesar do que Inès e quase todos tinham dito a ela depois que sua filha tinha morrido, saudades como aquelas nunca silenciavam. E suas perdas não tinham feito com que ficasse mais forte; ela só tinha ficado mais fraca. Tinham dado a outros poder sobre ela. Ela não queria continuar sendo fraca, mas também não queria morrer. Estava ansiosa demais para ver o que aconteceria em seguida, o que o marido e a filha dela tinham perdido. Ela ao mesmo tempo tinha fome da vida e morria de medo dela. As noites que passava com aqueles homens permitiam que sua raiva e confusão desaparecessem durante um tempo e permitiam a ela que conseguisse viver seus dias. Permitiam a ela que vendesse linha e tecido e permanecesse perto dos túmulos das pessoas que amou de verdade.

Havia momentos, como tinha dito a Max Pai, em que ela sentia vontade de ir embora, abandonar Ville Rose, sair do país e nunca mais voltar. Mas tinha ouvido falar demais sobre as dificuldades de começar vida nova em outra terra para ter vontade de tentar. Tinha ouvido falar de gente que fora infantilizada enquanto aprendia uma língua nova, de gente que acabava limpando casas ou o traseiro dos filhos dos outros. Ela via essas pessoas voltarem a Ville Rose no Natal ou nas férias de verão com penteados extravagantes e roupas que pareciam caras, mas seus olhos sempre as traíam. Toda a humilhação que tinham suportado podia ser detectada ali. A pele também as traía, as queimaduras do vaporizador da lavagem a seco ou do lava-rápido ou das cozinhas de restaurantes, tão visíveis quanto as marcas a ferro e fogo nos animais. *Non*, nada daquilo era para ela. Os ancestrais dela de ambos os lados estavam enterrados no cemitério da cidade, entre as famílias mais antigas da cidade. Ela não podia se transformar em diáspora. Ela gostava de ter seus fantasmas por perto. Nunca poderia viver numa terra estrangeira para depois só voltar algumas vezes por ano. Ela jamais poderia correr o risco de morrer e ser enterrada num lugar frio. Ela sempre ficaria ali, pensou, assim como a pedra que deteve seus pés quando ela finalmente alcançou as menininhas.

Uma das meninas, Claire, percebeu que estava sendo observada e de vez em quando olhava na direção dela. Assim como a mãe, Claire era linda. Ela se movia com mais graça, com mais firmeza, do que as outras meninas, até do que as mais velhas. Gaëlle se aproximou das meninas e sua presença imediatamente interrompeu a brincadeira.

"Está lembrada da minha filha?", o pai da menina, Nozias, sempre perguntava a Gaëlle quando eles se viam.

Como é que Gaëlle poderia se esquecer de uma criança que tinha amamentado quando bebê na mesma noite em que tinha nascido, uma criança que era tão meiga, tão dócil, mesmo naquele primeiro dia, e tinha crescido para se tornar tão adorável, tão radiante, cada vez mais a cada ano que passava?

"Seu *papa* está aqui?", Gaëlle perguntou a Claire.

A menina assentiu; estava olhando para as mãos, depois para os pés cobertos de areia. Impacientes, as outras meninas perderam o interesse e se dispersaram.

Gaëlle fez um sinal para que a menina a seguisse. Claire se sentou ao lado dela e, de trás de uma das pedras, tirou um par de sandálias de borracha. Gaëlle esperou até que ela terminasse de calçar as sandálias, então disse: "Eu conheci a sua mãe".

Os olhos de Claire pareceram se acender, do jeito que acontece com os olhos das crianças quando elas estão ávidas por uma história.

"Eu conheci a sua mãe durante mais tempo que você já viveu", Gaëlle disse. "A sua mãe era minha amiga."

Não era exatamente mentira.

A cabeça da menina estava curvada na direção dela, sua boca aberta, como que para engolir as palavras de Gaëlle, que tinham saído tão rápido que Gaëlle mal conseguiu parar. Gaëlle não sabia muito bem o que estava pensando e o que dizia em voz alta. "Quando sua mãe estava grávida de você, ela parou de banhar e vestir os mortos. Daí, ela tinha todo o tempo do mundo para não fazer nada e sair para o mar com o seu pai e costurar. Ela esperou tanto tempo para ter você, a sua mãe. Eu nem diria 'esperar'. Ela tentou. Ela tentou. Ela tentou tirar você do céu, arrancar das mãos de Deus. É, das mãos de Deus, eu diria. Eu não vou à igreja todo domingo. Eu não vou à igreja nunca, mas ela queria tanto você. Eu sei que ela tirou você das mãos de Deus. É a única maneira como eu posso dizer isso. Ela passou bem o tempo todo em que você esteve dentro do corpo dela. Nunca nem parecia cansada quando ia à loja, menos na última semana, quando ela não apareceu. Então mandaram chamar a parteira. Ninguém sabe o que aconteceu enquanto você estava nascendo. Eu soube que a parteira achou que estava indo tudo bem. Você não deve se culpar. Aquela conversa de *revenan* é superstição. Ninguém *volta*. Isso não é real. Você vai embora. Você vai embora. De volta para as mãos de Deus, e ninguém pode tirar você de lá. Você, não. Você, não, Claire. Espero que compreenda. Não você de volta para as mãos de Deus, mas a sua mãe e o meu Lòl e a minha Rosie e a sua mãe também e todas as outras pessoas que morreram e que não mereciam morrer. Mas quem merece morrer? Gente demais morre aqui, e por que o resto de nós pode seguir vivendo?

"Feliz aniversário, Claire", Gaëlle disse quando tanto seus pensamentos como sua voz começaram a desacelerar.

Mas ainda havia muitas coisas que ela queria dizer à menina. Ela queria falar sobre ter visto a mãe dela no cemitério para o enterro de seu marido, mas essa parte poderia ser impossível para a menina assimilar. A mãe de Claire podia até ter estado na catedral para a missa de corpo presente do marido dela — parecia que a cidade inteira tinha estado lá —, mas Gaëlle não tinha notado se ela tinha comparecido. Mas ela se lembrava muito bem de ter visto a mãe de Claire no local do enterro, postada perto do portão do cemitério.

No curso normal da vida, na posição de mãe recente, Gaëlle, de acordo com o costume, não devia estar fora de casa, ao ar livre, de jeito nenhum, por medo de que seu corpo *nouris* — enfraquecido pelo parto — pudesse estar frágil demais. Mas contra os conselhos de todos, na manhã da missa de corpo presente e do enterro do marido dela, ela deixou a filha recém-nascida em casa com Inès e compareceu a ambos. Durante as orações ao pé da cova, os seios dela estavam doloridos e inchados, molhando a parte da frente de seu vestido branco. Ela olhou para além do buraco fundo no solo, além do caixão cor de bronze, além de *Pè* Marignan e da grande aglomeração de pessoas da cidade a seu redor, na direção do portão do cemitério, ansiosa para estar em casa com sua bebê. Foi então que ela viu Claire Narcis sozinha embaixo de um salgueiro-chorão cor de fogo ao lado do portão do cemitério. Claire Narcis usava o mesmo vestido preto simples que usava nas cerimônias fúnebres dos moradores cujos corpos ela tinha banhado e vestido para o enterro.

Naquela manhã, parecia que Claire Narcis e o salgueiro-chorão tinham virado um só. O corpo de Claire parecia indistinto da pequena parte do tronco do chorão que não estava coberta por seus galhos recurvados. Acima da cabeça de Claire estava a coroa dourada do salgueiro. Claire Narcis tinha parecido uma miragem deslumbrante, um véu entre a terra que se acumulava sobre o caixão do marido e a bebê aos berros que a esperava em casa. E a presença de Claire no portão do cemitério, e o modo surpreendente como aquilo tinha ao mesmo tempo feito com que ela se sentisse agitada e reconfortada, foi um dos motivos por que ela tinha concordado em amamentar a filha de Claire quando ela era recém-nascida, e uma das várias razões por que ela podia chamar honestamente a mãe da menina de amiga.

Nozias agora pairava sobre Gaëlle e a menina. Ele se agachou ao lado delas e quase caiu por cima da filha.

Fòk nou voye je youn sou lòt, Claire Narcis sempre dizia a ela. Gaëlle encostou as mãos nas costas da menina e sentiu o corpo da criança tremer. Ela finalmente tinha se decidido. Sim, ela ficaria com a menina.

"Hoje à noite", ela disse.

Imediatamente, começou a se preocupar. Talvez tivesse falado demais. Talvez tivesse deixado a criança perturbada com toda aquela conversa. Talvez as coisas estivessem avançando rápido demais.

"Agora?", o pai perguntou. "Hoje à noite?"

Ele imediatamente voltou toda a atenção para Claire, quase como se Gaëlle não estivesse mais ali. Isso a surpreendeu. Não fazia anos que ele tentava dar a menina para ela?

Ele mencionou algo sobre não mudar o nome dela e sobre ter uma carta para ela, então Claire ergueu os braços. "*Bagay mwen yo*", ela disse.

O que tem as coisas dela?, Gaëlle pensou.

Mas a menina não esperou que lhe dessem permissão, simplesmente deu meia-volta e saiu andando na direção da casa deles.

Gaëlle não sabia muito bem quanto tempo tinha se passado, mas as pessoas estavam começando a se retirar e ir para casa, e a menina não tinha voltado.

"Vou buscar a menina", Nozias disse.

Gaëlle observou quando ele se dirigiu para o barraco. Ele estava fazendo o possível para permanecer ereto sob o peso de sua própria tristeza de ver a filha ir embora. Ele também desapareceu dentro do barraco. Então ele saiu berrando o nome da menina.

Gaëlle correu até o lado dele. Ela o seguiu pelas vielas entre os barracos, depois na direção do mar, sempre gritando o nome da menina junto com ele e os vizinhos.

"A gente devia pegar meu carro e ir procurar na cidade", ela finalmente disse, quando lhe pareceu que Claire pudesse ter se afastado da praia.

"*Non*", ele respondeu com firmeza, como se quisesse retomar o controle. "Ela só está se escondendo. Ela vai voltar." Ela compreendeu a necessidade dele de permanecer no controle. Apesar de ele ter acabado de lhe dar a menina, ela ainda era filha dele.

"Você continua procurando", ela disse. "E eu espero por ela na sua casa."

Ela foi atrás dele até a porta. Ele se apressou à sua frente e acendeu a luz no pequeno barraco, que era do tamanho de um dos terraços dela. Não tinha cheiro de maresia, como da última vez que ela tinha estado lá. Tinha o cheiro do fósforo comprido que ele acabara de riscar contra a lateral da caixa de fósforos e o cheiro do pavio de querosene no lampião em formato de ampulheta que ele tinha acabado de acender. Parte do cômodo agora estava tomada por um brilho dourado; o resto, cheio de sombras. Ele estendeu a mão por cima de seu catre e abriu a tranca, depois empurrou para abrir a veneziana de uma pequena janela, para deixar um pouco de ar entrar e um pouco da fumaça sair. Então, voltou a fechar a veneziana com a mesma rapidez. Ele parecia nervoso, até amedrontado, mas estava fazendo o possível para que ela não percebesse.

Gaëlle se esforçou muito para não confundir, mais uma vez, seu coração partido com desejo. Ainda assim, achou que lhe daria um indício de sua tentação ao se sentar no catre dele.

Ele se retirou.

Ele foi embora mesmo assim.

3.

Di Mwen, Conta pra Mim

"Conta pra mim, Flore Voltaire", Louise George ia dizendo, com o corpo macilento ereto, a coluna reta feito uma régua, de trás do microfone do estúdio. "Estamos prontos para a sua história."

"Teve uma tempestade de granizo...", Flore começou, e fechou os olhos para evitar olhar diretamente para o rosto ossudo de Louise.

Houve uma tempestade de granizo na noite em que Max Ardin Filho foi até a cama de Flore Voltaire. As esferas de gelo, no começo minúsculas, batiam no telhado do quartinho anexo à cozinha, no primeiro andar, o menor na casa de Max Pai, talvez construído para alguém que fosse só passar a noite ou que não fosse ficar ali muito tempo, como Flore e a tia dela, a empregada anterior, tinham ficado.

Exausta depois de um longo dia de limpeza e do preparo do jantar, Flore estava folheando uma revista de beleza que encontrara jogada na sala, quando as batidas no telhado ficaram mais ruidosas. Os vestidos de lantejoulas, as pernas e os pescoços compridos e os sapatos de salto alto que ela inutilmente examinava faziam sua camisola bege de náilon parecer ainda mais rala, velha e feia, mas ela continuou folheando as páginas mesmo assim.

Ela já tinha presenciado tempestades de granizo em Cité Pendue. Às vezes, durante essas tempestades, uma casa não tão sólida quanto aquela era atingida com tanta força que era levada pela ventania.

As luzes estavam apagadas em toda a casa de Max Pai, e Max Filho parecia estar só andando de um lado para outro com uma lanterna quando entrou no quarto dela. No começo, ela achou que ele tinha ido até lá para pegar a revista, então entregou logo a ele, com vergonha de estar olhando deslumbrada para os penteados e as maquiagens. Ele pegou a revista sem dizer nem uma palavra — nem mesmo "oi" — e se retirou. Ela fechou a porta atrás de si e virou a pequena tranca. Não era a primeira vez que ele entrava no quarto dela. Afinal, aquela era a casa do pai dele. Nas outras vezes, ele tinha ido até lá para perguntar onde estava alguma coisa, ou pedir a ela que preparasse algo, um sanduíche ou um chá, para ele ou para o pai. Mas ela sentiu que aquela noite era diferente. Ele parecia perdido.

Ela voltou para a cama e se deitou de lado, pôs o cobertor em cima do corpo, puxando até o pescoço, como tinha feito a vida toda. Escutou passos se aproximando. Ele estava voltando. A tranca não adiantava nada. A porta, parecia, tinha sido feita para ser aberta com facilidade. Ele se aproximou e se sentou na beirada da cama dela. O som do granizo pareceu se tornar cada vez mais distante, até desaparecer de vez, dando lugar ao tamborilar da chuva e a uma ou outra trovoada.

Ele não disse nada. Ela fechou os olhos e tentou fingir que ele não estava ali. Então ela voltou a abrir os olhos e olhou ao redor; fixou a vista na luz da lanterna que iluminava o rosto dele, sem expressão e alheio. Por baixo do roupão, ele estava nu.

No começo, ela achou que ele estivesse adormecido, sonâmbulo, sonhando em pé. Ou que ela estivesse assim. Estava amedrontada demais para falar. Os raios e trovões não pareciam perturbá-lo, e ele aproximou o rosto do dela até que o corpo dela estivesse preso embaixo do dele na cama. Ele era pesado, tinha o dobro do tamanho da maioria dos rapazes de dezenove anos. Ela achava que isso estivesse relacionado ao fato de ele ter feito seus estudos do ensino médio e da faculdade trancado na sala do pai na École Ardin, recebendo instruções do pai. Como a mãe dela gostava de dizer, ele nunca tinha se molhado na chuva.

Quando ele puxou a camisola na direção do peito dela, ela achou ter visto algumas gotas de chuva num canto do quarto, escorrendo do teto pela parede. Talvez o telhado tivesse ficado avariado com a tempestade de granizo. E, se o telhado estivesse avariado, então ela não estava mais segura do lado de dentro do que estaria do lado de fora.

Quando ele saiu do quarto — teria sido alguns minutos ou horas ou dias mais tarde? —, ainda estava chovendo, mas não tão forte quanto antes. Ela foi até o jardim de rosas do pátio, ao lado da piscina, e ergueu o rosto para o céu. O vento a incomodou, seu corpo ficou encharcado.

Quando ela voltou para o quarto, viu que ele tinha deixado a lanterna ali. Ainda estava acesa. Ela virou a luz para seu rosto encharcado, achando, em sua confusão, que pudesse, de algum modo, ter o mesmo efeito de um espelho, permitindo que ela enxergasse seus olhos. Ela largou a lanterna acesa no chão do lado de fora do quarto, para o caso de ele voltar para pegar. Não adiantava nada trancar a porta — ela sabia disso agora.

A chuva continuava caindo com uma persistência que fazia parecer que iria durar para sempre. Ela voltou para debaixo do cobertor e sentiu o tormento do tecido lhe raspando a pele. Ainda era capaz de sentir o perigo se armando tanto dentro como fora da casa, o cheiro chamuscado dos raios rachando os coqueiros ao redor e os ecos das ondas inchadas quebrando na costa. Ela imaginou água entrando por baixo da porta, depois de passar por cima da lanterna, extinguindo sua luz e a levando embora. Seria água morna, repleta de folhas. Ela imaginou ver, como tinha visto em outras enchentes, formigas-lava-pés vermelhas flutuando em bolas do tamanho de punhos fechados na superfície da água. A casa então iria se soltar da terra, e ela abriria a porta para dar uma olhada lá fora, e a água seria como um lençol negro em toda a sua volta e ela não enxergaria terra por quilômetros.

Ela sentia uma dor lancinante nos lugares em que ele tinha arremetido o corpo dele contra o dela. Ela tinha usado todo o seu peso para tentar empurrá-lo para longe, mas não conseguiu. Tinha tentado afastar as mãos dele com tapas, como se elas fossem animais sugadores, sanguessugas ou uma medusa. Ele ainda não tinha dito nada, não fazia nenhum barulho. Ele tinha nadado mais cedo naquela noite e ainda estava com cheiro de mar.

A casa tinha balançado quando o corpo inteiro dele cobriu o dela, mas a casa já tinha balançado antes, durante outras tempestades. A novidade era que a água estava subindo tão rápido, com formigas-lava-pés, e isso significava que vinha das profundezas das montanhas e das colinas, e não do mar. Ela sentiu cheiro de rum no hálito dele. Teve dificuldade de respirar.

Na manhã seguinte, o sol pareceu se levantar ainda mais cedo que o normal, como se quisesse desafiar tudo que tinha acontecido na noite anterior. Flore olhou através de uma fresta na porta e viu pai e filho saírem do orquidário ao lado do gazebo, no meio do jardim. Um beija-flor voou por cima das roseiras combalidas, e Max Filho ergueu os dedos como se quisesse segurar suas asas diminutas. Ambos os homens pareciam solenes e com o rosto endurecido, os olhos focados nas flores amassadas pelo granizo, enquanto examinavam os danos causados pela tempestade.

Enquanto eles estavam no jardim, Flore saiu da casa e tomou um táxi para Cité Pendue. O trânsito, desviado das áreas inundadas, se arrastava, os ossos dela latejavam a cada guinada e balanço do carro.

Quando ela chegou à casa da mãe, a mãe não estava.

Abriu a porta e esperou do lado de dentro. Estava se sentindo suja demais para se sentar nas cadeiras cobertas de plástico da mãe. Em vez disso, ela se sentou no chão frio de cimento.

A mãe dela era uma mulher baixinha mas robusta. Quando finalmente chegou, carregava na cabeça uma cesta de palha grande cheia de tigelas e canecas de alumínio que usava para vender café da manhã no mercado. Quando se aproximou de Flore, seus lábios formavam um círculo, como se a mãe estivesse assobiando.

Quando sua mãe chegou bem perto, Flore a ajudou a baixar a cesta da cabeça e pôr no chão. Antes que Flore pudesse dizer qualquer coisa, a mãe fez com que ela voltasse a se abaixar e, olhando em seu rosto inchado de chorar, passou o dedo de leve pela bochecha de Flore.

"Se voltou para casa para ficar", a mãe dela disse, "não sei como vamos nos virar."

Flore se levantou, enfiou a mão no bolso do vestido e entregou à mãe o salário do mês que pretendia usar para fugir. Então voltou à casa dos Ardin naquela tarde, a tempo de preparar o jantar.

"Está dizendo que voltou lá, que voltou à casa dos Ardin?", Louise finalmente interrompeu Flore durante a gravação do programa.

Louise naquela manhã usava um vestido lilás modelo evasé, que era sua marca registrada, com o cabelo preso para trás, o queixo erguido, os olhos apertados e focados. Estava determinada a extrair toda a história de Flore, junto com cada detalhe que considerasse necessário. "*Di mwen*", ela disse. "Conta pra mim, conta pra todo mundo por que você voltou para a casa dos Ardin naquela tarde. Mas, primeiro, um intervalo comercial."

Nenhum comercial era de fato reproduzido durante a gravação. Esperaram alguns minutos enquanto Louise tomava um gole de água de um dos copos na frente delas, e então disse a Flore: "Relaxe — você está indo muito bem".

Flore ergueu a vista dos dedos entrelaçados e olhou ao redor do estúdio, uma salinha quadrada não muito diferente do quartinho onde ela dormia na casa de Max Pai. Na mesa triangular, havia dois microfones e os copos de água, o de Louise agora pela metade. Louise tinha deixado de lado os fones de ouvido, oferecendo os que ela costumava usar ao filho de Flore.

Pamaxime estava sentado embaixo da mesa, aos pés da mãe, ora desenhando com um lápis num bloco que Louise tinha lhe dado, ora jogando sem fazer barulho no celular de Flore. Os olhos de Flore passavam dos ouvidos cobertos por fones do filho ao homem sentado à grande mesa de controle do outro lado do vidro, mas ela fazia todo o esforço possível para evitar olhar para Louise George, a apresentadora do programa, ferrenha mas miúda.

Flore então pegou o copo que tinha sido designado a ela e deu um gole. Ela tinha ligado para a estação e pedido para falar com Louise George assim que ficou sabendo por Max Pai que o filho estava vindo para casa e queria conhecer o menino.

Essa era a premissa daquelas entrevistas intimistas, Louise explicou a ela: você fala do momento que mudou sua vida. Um momento que fez tudo que veio antes parecer sem importância. Um momento que causou uma transformação por dentro e por fora. Aquela noite no quarto da empregada com Max Filho por cima dela tinha sido esse momento para Flore. Além disso, Louise tinha explicado, era necessário dar nome aos bois e, naquele caso específico, os nomes tinham que ser repetidos com a maior frequência possível. As pessoas cujos nomes eram mencionados no programa, as que eram acusadas, tinham a oportunidade de participar do programa na semana seguinte para se defender.

Flore no começo não teve problema em dar os nomes, mas agora estava com dificuldade em prosseguir com o resto da história. Apesar de Louise ter permitido que ela gravasse o programa de manhã cedo — para ir ao ar mais tarde, naquela mesma noite, e em mais alguns outros horários durante a

163

semana seguinte —, Flore não conseguia esquecer que o filho estava ali mesmo, sentado aos pés dela, embaixo da mesa, e, apesar de estar usando fones de ouvido, Pamaxime ainda assim poderia estar escutando.

"Os intervalos comerciais tomam uma boa parte da hora", Louise disse enquanto se preparava para recomeçar. "E são longos. Mas o que se pode fazer?"

O homem na mesa de controle do outro lado do vidro fez um sinal para que elas continuassem.

"Vai em frente, conta pra mim." Louise então se aproximou mais, as bochechas das duas quase se encostavam. "Conta pra mim o que aconteceu depois", ela insistiu.

"Eu engravidei do bebê dele", Flore continuou no tom frio que havia muito tempo tinha substituído o tom de quando era menina, um som de que ela não se lembrava mais.

Aquela entrevista era uma boa preparação para o que estava por vir, Flore pensou, para seu encontro com Max Filho mais tarde naquela mesma manhã. Ela também queria que o filho se encontrasse com ele, nem que fosse só daquela vez. Flore estava curiosa para experimentar como ela própria iria se portar diante de Max Filho. Mas não haveria mais lágrimas. Se era para alguém chorar com aquele programa, ela faria todo o possível para que fossem ele e o pai. Felizmente, ela e Louise pareciam ter objetivos semelhantes.

"Quando diz o bebê dele, quer dizer o bebê de Maxime Ardin Filho?", Louise pressionou.

Flore assentiu.

"Isto aqui não é televisão", Louise disse. "Você tem que falar."

Esses pequenos comentários no meio de uma história dolorosa sempre faziam os ouvintes dar risada. Às vezes, quando estava em casa escrevendo, naquelas noites em que o programa ia ao ar, Louise escutava risadas se erguerem de uma fileira inteira de casas. Ela nunca precisava ligar seu rádio. Dava para escutar o programa emanando bem alto, simultaneamente, de dezenas de casas, e, durante aqueles momentos, ela se sentia como se fosse a pessoa mais poderosa da cidade. Sua única queixa se referia à capacidade limitada da estação, o programa só era transmitido para Ville Rose e mais algumas cidadezinhas ao redor, não para todo o país.

"Sim", Flore prosseguiu, como se tivesse feito uma pausa para dar espaço às risadas esperadas pelo comentário sobre a televisão.

Louise voltou a ficar muito séria. "Continuo sem entender por que você voltou. Por que voltou lá depois de algo assim ter acontecido com você?"

As palavras não tinham saído tão claras quanto Flore esperava. Ela queria explicar como a cabeça dela ficou toda confusa naquela noite, depois que ele tinha aparecido no quarto dela, como ela não sabia muito bem se estava ou não sonhando.

"Por que você voltou?", Louise insistiu.

"Eu não podia perder o emprego", foi tudo que saiu então.

"Essa era a única escolha que você tinha?", Louise lhe perguntou. "Não podia ter ido à delegacia para dar queixa?"

Em algum lugar, entre os ouvintes, Louise sabia, alguém daria uma risadinha. Provavelmente muita gente daria risada. De que adiantaria ela dar queixa contra o filho de Max Pai? Alguns dólares entregues a algum oficial de polícia de baixo ou de alto escalão livrariam Max Filho. Inclusive porque um dos melhores amigos de Max Pai era o atual prefeito.

Os ouvintes saberiam muito bem que Louise estava fazendo o papel de advogada do diabo, e, quando Louise fazia o papel de advogada do diabo, eles apreciavam ainda mais o programa.

Flore respondeu à pergunta, mesmo assim. "Me diga uma coisa, quanta gente na minha situação consegue justiça?"

Louise coçou o queixo macilento e fez uma pausa para refletir. Ela resmungou para que os ouvintes pudessem escutar e dividir com ela sua contemplação.

"Você não poderia ter arrumado outro emprego?"

"Eu estou — estava — pagando", Flore disse, "o aluguel da casa da minha mãe."

"Tenho certeza de que sua mãe compreendeu que você estava numa situação difícil e gostaria que você tivesse saído de lá", Louise argumentou.

Os pés de Flore se agitaram com tanta rapidez que o barulho de seus joelhos batendo na mesa pôde ser escutado quando o programa foi ao ar. "Se é assim que você quer encarar as coisas", ela disse.

Foi então que as mãos do filho dela roçaram sua batata da perna. Ao olhar para baixo, ela viu a nuca e as mãos dele quando encostou o lápis no bloco que Louise tinha lhe dado para começar seu desenho.

"Quando você percebeu que estava grávida?", Louise prosseguiu.

"Percebi que estava grávida algumas semanas depois, quando comecei a vomitar", Flore disse. Ela baixou os olhos e se assegurou de que os fones estavam bem firmes nos ouvidos do filho, então prosseguiu: "Era tanto vômito que às vezes eu vomitava em cima da comida que estava preparando para eles".

Louise seria capaz de sentir aquela questão martelar na mente dos ouvintes mais tarde. Ela antecipou o sobressalto coletivo que se ergueria por toda a cidade. Será que minha empregada anda vomitando na minha comida?, alguns se perguntariam.

Fizeram uma pausa para mais um intervalo comercial. Louise sorria com as linhas escuras entre seus dentes à mostra. Flore baixou os olhos para dar uma espiada no filho, que parecia muito compenetrado em ao mesmo tempo desenhar no bloco de Louise e apertar as teclas do telefone dela bem de leve, como tinha sido advertido para fazer. Flore não conseguia enxergar o que o filho tinha desenhado na folha porque as mãos dele e o telefone cobriam o desenho.

Quando recomeçaram, Louise perguntou: "Para quem você contou primeiro que estava grávida?".

"Contei primeiro ao pai", Flore prosseguiu.

"Não está falando do pai do seu filho. Está falando de Maxime Ardin Pai?", Louise perguntou.

"Estou", Flore respondeu.

"O dono e diretor da École Ardin?"

"*Li menm.*"

"Você contou primeiro para ele?"

"*Wi.*"

"E, conta para mim, o que o Maxime Ardin Pai disse quando você contou para ele?"

"Ele disse que não podia saber se o bebê era mesmo do filho dele. Então me deu dois mil dólares americanos, dele e da mulher dele, para desaparecer, para ir embora."

"Dois mil dólares americanos, que se convertem em dezesseis mil dólares haitianos, ou oitenta mil gurdes, do pai que está aqui e da mãe que está em Miami, para desaparecer. Essa é a cotação atual?" Louise soltou uma risada forçada de propósito para ressaltar o ponto.

A indignação justificada de Max Pai realmente não valia nada. Era bem do seu feitio criar suas próprias regras para tudo. Ela devia ter dado um tapa nele depois que aquela mulher deu um nela.

Louise imaginou cabeças assentindo por toda a cidade quando sua audiência ficasse sabendo dos dois mil dólares americanos. Até que não foi tão ruim, alguns podiam resmungar. Outra família poderia simplesmente ter expulsado a moça sem lhe dar absolutamente nada.

"Eu peguei aquele dinheiro e fui embora mesmo", Flore prosseguiu. "Fui para Port-au-Prince para morar com uma prima da minha mãe e, enquanto esperava meu filho nascer, abri um negócio."

Beleza sempre tinha fascinado Flore. Ela achava que a beleza era tão resiliente quanto *wozo*, as ervas daninhas e flores silvestres coloridas que cresciam na lama nas margens dos rios e nas laterais das estradinhas, apesar de serem pisoteadas o tempo todo. Ela gostava de ver as mulheres com penteados perfeitos e trajando vestidos de aparência elegante, ainda que fossem baratos. Ela acreditava que até as mulheres mais pobres e mais infelizes podiam lutar contra suas mágoas com a beleza, com lenços coloridos ou discretos, turbantes ou chapéus, cabelo relaxado ou trançado, perucas e um pouco de talco no pescoço. Enquanto estava ali sentada em frente a Louise, Flore ficou pensando que ela podia ficar mais bonita se fizesse algo além de prender o cabelo para trás, o que fazia o rosto dela parecer tão severo. Ela achou que Louise podia usar um batom de tom claro e fazer um ponto preto com um delineador para simular uma pinta charmosa.

"Que tipo de negócio você abriu?", Louise perguntou.

"Um salão de beleza", Flore respondeu.

Louise imaginou vivas eclodindo por toda a cidade. "Mesmo quando estão tristes", Louise ronronou no microfone, "nossas mulheres tentam ficar bonitas."

Essa era a parte do programa preferida de Louise, a parte em que a história horrível começava a dar a volta por cima. Era o equivalente àquele primeiro gol numa partida de futebol impossível, o momento em que tudo muda, mesmo que seja só para um dos lados. Era por isso que ela ficou contente que aquela história tivesse sido arrancada das fofocas da cidade e tivesse caído no colo dela, por isso que ela estava emocionada, cheia de alegria, por aquela moça a ter procurado. Isso e a vingança pelo tapa de Max Pai. Não, ela não era do tipo que oferecia a outra face, e, naquele momento na sala dele, Max Pai a forçou a ser. Ela acreditava em olho por olho e, apesar de no passado nunca ter usado o programa para se vingar, não achava que isso significasse se rebaixar.

"O salão de beleza cresceu rápido." Agora Flore estava pegando embalo, gaguejava e hesitava menos. "Deixamos muitas mulheres lindas", ela disse.

"E quanto a você?", Louise perguntou. "O que mudou em você?" Era isso que mantinha *Di Mwen* no ar fazia tantos anos. Era por isso que as pessoas adoravam o programa. Ela sempre procurava o pote de ouro no fim do arco-íris dos convidados.

"Bom, eu continuo aqui", Flore disse, aliviada porque o programa parecia estar chegando ao fim. "*Nou la*."

Finalmente, a pergunta de encerramento, que Louise fazia a todos os convidados, em parte para se proteger e mostrar que aquelas pessoas a tinham procurado, e não o contrário. A pergunta mostrava, ou ao menos fazia parecer, que apenas oferecia a elas uma plataforma, para que contassem suas histórias por conta própria, que não havia motivos escusos de sua parte, que ela não ganhava nada com aquilo.

"Por que você veio ao *Di Mwen*?", ela perguntou a Flore. "Por que queria desabafar?"

"Com todo o dinheiro que eles têm, mesmo depois do jeito como ele saiu, eles poderiam tirar meu filho de mim", Flore disse em seu tom mais desafiador até então. "Como se pudessem dizer que eu não sou digna dele."

"Os Ardin. Pai e filho, quer dizer?"

"É, eles."

"Eles querem tirar seu filho de você?"

"Eu não vou deixar."

"Então, o que você vai fazer agora?", Louise perguntou.

"Eu vou para longe", Flore disse, e fez uma pausa para considerar a possibilidade.

"Suponho que não possa me dizer para onde."

"*Non*."

"Você disse que Maxime Ardin Pai e a mulher dele tinham dado dinheiro para você, para a criança."

"*Wi.*"

"E você investiu esse dinheiro no seu negócio de beleza?"

"Investi."

"Vai ser difícil viver sem esse dinheiro?"

"Vai ser mais difícil viver sem meu filho."

"Então, só para deixar claro, você vai levar seu filho com você?"

"Minha mãe e meu filho vão me acompanhar, sim", Flore disse. "Ninguém nunca mais vai ver a gente. Estou aqui para dizer a eles que nunca voltem a nos procurar, porque nunca vão nos achar. Mesmo depois que eu estiver morta e meu filho for um homem crescido, vou me assegurar de que nunca será encontrado. Ele vai ter outro nome. Ele vai ser outro tipo de homem..."

Esse parecia ser um bom ponto para Louise encerrar, sem forçar a convidada a revelar seus planos e dar indícios de onde iria parar. Só tinham mesmo alguns segundos de sobra, então Louise precisou interrompê-la para dar a palavra final.

"Obrigada, Flore Voltaire, por dividir sua história conosco", ela disse. Então, com voz dramática em tom grave, completou: "Espero que você alcance seu objetivo e encontre o lugar certo para você e seu filho".

Pouco depois de o gravador ser desligado, Flore tirou os fones dos ouvidos do filho, mas acontece que o menino tinha estado — como quase todo mundo na cidade estaria mais tarde — vidrado em cada palavra. Ele ergueu os olhos para ela e deu um sorriso cheio de dentes ao mesmo tempo de confusão e de orgulho pelo que tinha entendido: que ele agora iria conhecer o pai, antes de ir para algum lugar bem longe.

Louise pegou os fones de Flore e então estendeu a mão para a criança devolver o bloco em que estava desenhando.

"Deixe ver." Louise olhou para o boneco palito no bloco. Obviamente era para ser uma pessoa, possivelmente um homem, já que o menino não tinha desenhado cabelo nem saia. O homem não tinha olhos, nariz, nem boca, o contorno do rosto era um simples O. Procurando alguma dica de qual era a intenção do menino com aquele desenho, Louise sorriu para ele e supôs em voz alta. "Um bode?", ela perguntou, provocando o menino.

Ele riu, cobriu a boca com as mãos, e então respondeu: "*Non*".

"Uma vaca?"

"*Non.*"

"Eu?", Louise arriscou.

"*Papa mwen*", o menino disse. "Meu pai."

"Escreva '*papa*'", Louise recomendou.

O menino escreveu a palavra *papa* com as letras pequeninas bem separadas. Louise pegou o bloco, arrancou a página e entregou o desenho ao menino, junto com um pirulito grande de uva que pareceu surgir nas mãos dela por mágica.

Ela se voltou para Flore e disse: "O pai da criança devia ver esse desenho".

Max Pai estava sentado em seu banco de madeira na varanda da frente da sua casa com Jessamine quando o telefone dele começou a tocar sem parar.

"Você não vai acreditar quem está no *Di Mwen*", ele ouvia de cada pessoa que ligava.

Mas ele se recusou a ligar o rádio. Ele não queria ouvir. Além do mais, ele nunca tinha dado atenção àquele programa lamuriento, nem quando ele e Louise estavam se falando. Por despeito — ou seria para humilhar mesmo? —, a empregada da casa vizinha ligou o rádio no volume mais alto possível para que a vizinhança toda pudesse escutar.

Foi difícil fingir para a moça adorável que estava sentada a seu lado que o programa não lhes dizia respeito, já que o nome dele era proferido quase com tanta frequência quanto o do filho. Por misericórdia, a moça não disse nada, e o seguiu pela casa enquanto ele lhe mostrava suas estantes de livros e as pinturas abstratas nas paredes da sala, o jardim de rosas e a piscina, o gazebo (o mesmo, ele se deu conta, com tristeza, que estava sendo mencionado agora no programa). Ao menos a cozinheira e o jardineiro dele não estavam escutando, ele pensou. Ou podiam estar escutando, assim como ele, absorvendo as partes mais suculentas do rádio do vizinho.

A amiga do filho dele pareceu estranhamente impassível. Ele percebeu que ela já sabia de tudo. Senão, como não poderia estar exasperada, ultrajada?

Ela era uma moça estonteante com um rosto de máscara africana, toda a testa larga e bochechas altas, enormes brincos de argola e um piercing dourado em cada bochecha. Ela era obviamente uma dessas moças modernas, o tipo de moça que ele francamente não achava que fosse capaz de receber de braços abertos em sua família, com seus piercings nas bochechas e sua bata riponga e a palavra *POP* tatuada em letra cursiva com tinta vermelha na parte interna dos pulsos.

Ele a acompanhou até a cozinha, e eles dividiram uma jarra de limonada. Era surpresa, ele pensou, que, diferentemente de várias integrantes da diáspora que voltavam, ela fosse magra e não fedesse a repelente de inseto. Ele perguntou por que ela não tinha ido à festa na noite anterior, e ela disse que o carro do seu primo tinha quebrado e ela não conseguiu achar carona a tempo. Por que ela não tinha ligado para o filho dele?, ele perguntou. Ela disse que o telefone dela não estava funcionando. Ela não podia ter pegado o telefone de alguém emprestado?, ele perguntou. Então ela confessou que achava melhor que o filho dele visse todo mundo sozinho pela primeira vez.

Ele não sabia muito bem por que as explicações dela eram tão importantes para ele, mas eram. Ele lhe ofereceu bolinhos de bacalhau que tinham sobrado da festa. Ela recusou. A cozinheira não estava à vista e ele ficou com medo de chamar. Ele não seria capaz de aceitar nem pena nem mais desprezo de empregados.

Resolveu que não ficaria escondido dentro de casa. Uma hora ia ter que encarar tudo aquilo, na escola e em diversos locais da cidade. A moça o seguiu de volta ao terraço. Se a cidade toda quisesse desfilar pelo portão aberto dele e condená-lo, que fosse assim. Ele e a ex-mulher tinham feito o que a maioria dos pais e das mães que ele conhecia teria feito. Tentaram proteger o filho. E, ao fornecer o dinheiro para aquilo que se transformara no salão de beleza, tinham tentado proteger o filho de Flore da melhor maneira que conheciam. Será que deviam ter exigido um casamento às pressas? Será que ele devia ter mandado Flore para Miami com o filho? Estava claro que algo mais do que amor tinha sido feito naquele quarto, naquela noite. E talvez aquela noite também não tivesse sido a única vez que acontecera. Mas o que fazer quando seu filho desencaminhado, em algum tipo de tentativa idiota de tirar sua atenção de quem ele realmente é, comete um ato horrível? Chamar a polícia para prendê-lo? Fazer com que seja exibido pelas ruas e humilhado no rádio? Seu filho. Aquele menino. Aquele homem, que antes tinha sido um menino bom, simples e inocente. Assim como aquele menino que ele tinha feito com violência. Então, se Flore queria ficar com aquele menino para si, que ficasse. Ela poderia ter mais chance de transformá-lo num homem decente. Mas boa sorte para ela. Ele torcia para que ela conseguisse. Ela que tentasse criar um menino e ajudá-lo a se tornar homem. Ela que o ensinasse como amarrar os sapatos, cumprimentar os outros de maneira adequada com um aperto de mão. Ela que lhe mostrasse como nadar, como empinar pipa. Ela que lhe mostrasse como afiar uma lâmina, para se barbear ou fazer outra coisa, como se defender quando atacado. Ela que o ensinasse a ler e escrever e que lhe contasse todo tipo de histórias, cujo verdadeiro significado ele nunca parecia capaz de compreender. Ela que sentisse orgulho, depois vergonha dele, depois orgulho outra vez. Ela que tivesse saudade dele quando ele partisse e o desprezasse quando estivesse em sua presença. Ela que desejasse que ele fosse outro tipo de filho e que ela fosse outro tipo de mãe. Ela que visse o que era protegê-lo até de seus piores desejos, impedir que ele estragasse a própria vida para sempre. Ela que tentasse lhe mostrar a diferença entre certo e errado. Ela que o guiasse à vida adulta ileso numa sociedade onde as pessoas estão sempre buscando a próxima vítima a ser destruída. Ela que o ensinasse o que é um legado, e como se deve honrá-lo e respeitá--lo e defendê-lo a todo custo. Ela que aprendesse um dia como perdoar a ele e, no fim, a si mesma.

A própria mãe de Flore certamente tinha tentado fazer o melhor possível por ela. Ela devia ter se sentido afortunada quando a filha tinha ido parar na casa dele. Um detalhe específico na história de Flore o deixou ainda mais magoado do que o resto. Na manhã seguinte à tempestade de granizo, ele tinha recolhido a lanterna molhada do filho à porta do quarto de Flore e devolvido para ele.

"Esqueci lá", Max Filho tinha dito. Ele não tinha feito mais nenhuma pergunta.

Ele até tinha visto Flore sair de casa enquanto ele e o filho estavam no jardim.

Não conhecia nenhum detalhe até agora, antes de ouvir o que ela tinha a contar ao mundo pelo rádio. Ele se arrependia de não ter escutado nada além da tempestade naquela noite. No fim, ele era pai de Max Filho, não dela. Se ele tivesse que escolher entre alguém e o filho dele, o filho dele sempre viria em primeiro lugar.

Melhor o tipo de conversa de Louise que o de outros. Melhor aquele tipo de vergonha do que um tipo ainda pior. Ir para a cama com a empregada não era um rito de passagem incomum para jovens em casas como a dele. *"Droit du seigneur"*, era como o próprio pai dele chamava. Apesar de Max Pai em si nunca ter tomado parte disso. Mas será que a moça não estava esperando? O erro da lógica dele parecia óbvio agora, ao ser exposto. Será que ele podia ir ao programa na semana seguinte e usar essa explicação pavorosa para absolver o filho?

Jessamine ainda guardava um silêncio respeitoso, observando as cabaceiras na rua junto com ele até o filho chegar com o carro que ele tinha lhe emprestado para levar Flore e o menino para casa. Quando é que Flore tinha achado tempo para gravar aquela monstruosidade de uma hora?, Max Pai ficou se perguntando. Mas, agora, a atenção dele estava no filho. O filho dele, seu brilhante filho estudioso, que agora estava acuado dentro do carro, escondendo-se dele e daquela moça. O filho dele, que tanto adorava histórias quando era menino. Rápido, ele queria pensar numa história para contar a ele agora, uma história de erros perigosos cometidos tanto por pais como por filhos. Jessamine estava olhando para o jipe, para o filho dele, com os olhos dançando entre eles e o rosto de Max Pai. Agora ele a enxergava inteira, esculpindo a partir de seu rosto escuro outro neto impossível para ele. Apesar de passar o dia inteiro numa escola cheia de crianças, será que ele sabia alguma coisa sobre os jovens nos dias de hoje? Na escola e em outros lugares da cidade, ele tinha visto vários grupos irem do *matènèl*, maternal, a quase a idade do filho dele. Não eram muitos que chegavam a se tornar o que de início prometiam. Um pouco disso podia ser atribuído, como a ex-mulher dele costumava fazer, à cidade, à falta de oportunidades, a sua hierarquia social rígida. Mas o filho dele, com todas as suas oportunidades e contatos, não tinha se saído melhor.

Havia algo trágico em uma geração cujas esperanças haviam sido criadas e depois arruinadas repetidas vezes. Será que tinha sido envenenada pela decepção? Seus líderes e exemplos — inclusive ele próprio — haviam lhes feito tantas promessas que, por algum motivo, não tinham sido capazes de cumprir. Idealistas tinham sido mortos para dar lugar a gângsteres. A vida ficara tão barata que era possível dar alguns dólares a qualquer pessoa para acabar com ela. Quando é que tinham entrado, ele se perguntava, naquilo que Rimbaud, em seu tempo, chamara de "*le temps des assassins*", a era dos assassinos? Talvez a geração dele fosse o problema. Tinha construído uma sociedade inútil para os filhos. Ainda assim, esses filhos pareciam ser desprovidos da vontade de se sacrificar e construir por si mesmos. A intenção dele era pelo menos tentar consertar isso. Ele estava ansioso para entregar a escola ao filho, à próxima geração, para ver se ele — eles — poderia ou de fato iria se dar melhor. Mas, agora, ele talvez nunca pudesse ter essa oportunidade.

Ele ficou surpreso por Jessamine não ter corrido para os braços do filho dele quando o avistou. O filho dele, por sua vez, olhava ao longe na estrada, depois voltava os olhos para eles. Talvez o rádio estivesse ligado no carro e seu filho também estivesse escutando o programa, ou escutasse trechos vindos da rua. Talvez ele nem tivesse se dado conta de que o programa estava sendo transmitido. Ser assunto do assim chamado programa da Louise era a mesma coisa que receber uma letra escarlate. Que às vezes era apenas temporária. A pessoa era perseguida por murmúrios e sussurros, mas só até a semana seguinte, quando chegava a vez de algum outro.

Max Pai queria se apressar para explicar isso ao filho, para reconfortá-lo, mas esperava que Jessamine tomasse uma atitude antes dele. Jessamine não tomou. Será que estava em estado de choque? Ele não sabia, mas enxergou no rosto do filho que ele acreditava não ter outra escolha além de sair bem rápido com o carro.

Para onde mais ele iria senão à praia? Tirando o farol, era o lugar preferido dele. Preocupado com assuntos mais graves, o povo da praia talvez nem estivesse escutando o programa.

"Será que não devíamos ir atrás dele?", a moça lhe perguntava agora. E parecia o tipo de pergunta simples que poderia ser feita por alguém que não compreendia por inteiro que não havia nada de simples numa situação.

"Sim, podíamos ir atrás dele", ele respondeu. "Mas eu desconfio que, se ele quisesse estar conosco, teria ficado aqui."

"Então, o que devemos fazer?", ela perguntou. Os dois olhavam fixo para o portão de entrada, para as cabaceiras na rua, com os galhos paralisados pelo calor.

"Esperar", Max Pai disse, e aquilo era o que ele geralmente fazia quando se tratava do filho. Vivia à espera dele: esperava que tomasse consciência, esperava que compreendesse suas obrigações, esperava que assumisse suas responsabilidades, esperava que voltasse para casa.

"Acha que ele vai voltar?", a moça perguntou.

"Vai, sim", Max Pai respondeu, com toda a certeza sobre aquilo, apesar de não ter certeza de mais nada. "Ele sempre volta." A moça balançou o rosto metalizado e fez uma careta, agora permitindo que sua frustração transparecesse. Ela sacou um celular e discou. Estava tentando ligar para o filho dele, Max Pai imaginou. Mas ela não tinha acabado de lhe dizer que o telefone dela não estava funcionando? Ele teve vontade de lembrá-la do fato, mas não disse nada. Ela ficou com o aparelho na orelha durante um tempo e, como ninguém atendesse, o jogou de volta na bolsa. Ele ficou observando o portão, a rua, inclinando-se para a frente como se quisesse enxergar melhor cada pessoa que passava. Ela ficou lá sentada ao lado dele, muito tempo depois de o programa terminar e a estação passar a transmitir um programa musical, e a empregada do vizinho finalmente baixar o volume.

"Não vamos aceitar isso aqui sentados", Max Pai disse, então percebeu como aquilo soou ridículo, porque eles realmente estavam sentados.

"Vou atrás de Flore e Pamaxime mais uma vez", ele prosseguiu, "e vou à estação pessoalmente para denunciar Louise em suas próprias ondas de rádio." Agora estava divagando, ele percebeu. "Não vai mudar nada, não com a escola, não com meu filho. Tudo isso vai ser esquecido." Mas e Pamaxime?, ele se perguntou. O que vai acontecer com Pamaxime?

"*Byen*. Tudo bem", a moça disse.

Ele pensou nas poucas palavras dela, com seu sotaque inglês carregado, como banalidades do tipo que as pessoas dizem quando estão sentindo o oposto. Ele já tinha sido jovem e poderia ter dito algo assim, mas nunca para o pai ou a mãe de um amigo. Mas aquela moça lhe dizia aquilo agora porque de algum modo ela se considerava igual a ele. Ela até podia se considerar mais esperta que ele, sua aparente ausência de julgamento, sua amizade com o filho sendo um sinal — ou assim ela provavelmente pensava — de que ela possuía um tipo de compaixão que superava a de todas as outras pessoas, que superava até a dele.

Foi bem aí que, felizmente, Albert, o amigo dele, passou pelo portão da frente e continuou caminhando em direção a eles. Jessamine se levantou de um salto, como se tivesse pensado que era o filho dele voltando, ou talvez só estivesse contente por haver mais alguém ali.

"Não estou morto, estou?", Max Pai gritou para o amigo.

Albert riu, então andou mais depressa e passou o chapéu de uma mão à outra quando os alcançou. Albert inclinou a cabeça na direção de Jessamine enquanto batia o chapéu na coxa. Jessamine ergueu os olhos para ele e retribuiu o cumprimento com um aceno de cabeça. Então, como se não pudesse mais se conter, enfiou a mão na bolsa e tirou dali um isqueiro e um cigarro. Foi até a ponta da varanda, sentou-se na beira do parapeito e acendeu. Max Pai estava curioso por saber se sairia fumaça das laterais do rosto dela através dos piercings. (Não saiu.) Ele ficou horrorizado de ver a moça bater as cinzas e depois jogar a bituca em cima das violetas-africanas que rodeavam o terraço. Algumas flores já estavam murchando por causa das temperaturas cada vez mais quentes. Ele tinha plantado as flores ao redor da varanda da frente em cantos onde não havia muita luz nem muita sombra. Ele tinha se assegurado de que havia o equilíbrio certo de perlita e terra, e agora ela usava as flores dele como cinzeiro. Sua vontade era gritar para que ela se afastasse delas, mas, antes que pudesse dizer qualquer coisa, ela começou a caminhar de volta até ele e o amigo. Ela andava, ele percebeu, como se estivesse nadando de costas ereta, girando os braços a cada passo.

Albert também a observava, já que tinha sentado no lugar dela no banco, não lhe deixando opção a não ser se apertar ao lado dele ou ficar em pé. Ela preferiu ficar em pé.

Se ela não estivesse presente, Max Pai teria entrado em casa para pegar o dominó e a mesa de carteado, e ele e Albert teriam ficado conversando besteira e jogando uma longa partida até tarde da noite. Mas ela estava ali olhando para eles, e não dava para ignorá-la.

Max Pai percebeu que o amigo estava se esforçando para de vez em quando deixar de encarar a moça. Por causa de seu trabalho como diretor da funerária, Albert naturalmente ficava intrigado com modificações no corpo, mutilações e também adornos, sobretudo sinais incomuns ou piercings. Seu amigo provavelmente nunca tinha visto piercings como os das bochechas da moça. Como deviam se chamar, Max Pai ficou pensando, brincos, mas não para as orelhas, *zanno machwa*, brincos para as bochechas? Seu amigo, ele tinha certeza, provavelmente estava pensando no próprio filho e na própria filha nos Estados Unidos com aqueles brincos de bochecha, ou coisa pior.

"Veio até aqui por causa daquele programa?", Max Pai perguntou a Albert, em parte para desviar sua atenção da moça.

"Só tenho permissão de vir aqui quando você dá festas?", ele perguntou.

"Também pode vir aqui quando temos tragédias", Max Pai disse.

"Não posso ficar muito tempo", Albert disse, seus olhos voltando para Jessamine. Ela abraçou um dos pilares da varanda enquanto olhava as árvores na rua.

Max Pai podia imaginar quanto o amigo iria provocá-lo na próxima maratona de dominó por ter uma moça assim — lindíssima, tão magra quanto uma bailarina, usando piercings, tatuada — como nora.

"Onde está sua mulher?", Max Pai perguntou ao amigo.

"Ela já foi embora", ele disse.

Max Pai pensou como era triste que a mulher e os filhos do amigo não tivessem voltado para casa nem para a posse dele como prefeito, porque os gêmeos estavam participando de algum tipo de torneio de natação. Naquele dia, Max Pai tinha se sentido grato por seu próprio divórcio. Como é que algumas pessoas não compreendem sua capacidade de despedaçar corações?

Jessamine voltou para a outra ponta da varanda e olhou para as mesmas violetas-africanas que tinha sem dúvida chamuscado com seu cigarro.

"Que flores são essas?", ela perguntou.

"Violetas", ele lhe disse.

"Elas crescem aqui?", ela prosseguiu.

Estão crescendo, não estão?, era o que ele queria responder. Ao menos era o que estavam tentando fazer, antes do seu cigarro.

"Aqui tudo cresce", foi o que respondeu em vez disso.

Max Pai então desejou que o amigo não tivesse chegado tão cedo, que ainda fossem só ele e a moça conversando daquele jeito novo sobre as coisas, sobre o filho dele ser legal e sobre violetas-africanas. Max Pai então percebeu que não tinha apresentado adequadamente a moça ao amigo.

"Albert, esta é Jessamine", ele disse. "Está lembrado, estávamos esperando por ela ontem à noite. Jessamine, este é Albert Vincent, um velho amigo."

"Velho apenas na duração da minha amizade com Max", Albert disse.

"Sei." A moça sorriu desta vez.

"E onde está seu filho agora?", Albert perguntou.

Max Pai deu de ombros. "Deve estar na praia. Ou no farol", ele acrescentou.

"Deixe estar", Albert aconselhou. "Ele vai voltar quando estiver pronto. Deixe estar."

"Foi o que eu disse a Jessamine", Max Pai falou.

Estava escurecendo, e a esperança de Max Pai de que o filho retornaria ficou mais forte. Senão, ele teria que decidir onde pôr a moça para dormir. De algum modo, ela tinha chegado à casa dele num *camion* que os parentes dela tinham providenciado na capital. O motorista tinha feito a gentileza de deixá-la no portão, mas ela não tinha um meio garantido de voltar a Port-au-Prince, pelo menos não naquela noite.

"Suponho que tenha ouvido o programa", Max Pai disse, com os olhos fixos nas poucas pessoas que caminhavam pela rua e olhavam, ele pensou, com interesse renovado para a casa dele.

"Em parte", Albert disse, e recostou a cabeça na parede atrás de si. "Ouvi depois do encontro com a mãe de um rapaz que levou um golpe de facão na barriga por causa de uma disputa de terras, então eu pude colocar as coisas em perspectiva."

Jessamine ergueu uma sobrancelha e pareceu curiosa de um jeito que deve ter lisonjeado o amigo dele.

"O senhor é *oncle* Albert", ela disse. "Maxime me falou do senhor."

"Falou?", Albert indagou. "Achei que ele tinha se esquecido de todos nós."

"Mas parece que ninguém aqui se esqueceu dele", a moça disse.

"Ele queria que a gente esquecesse?", Max Pai perguntou, e ficou envergonhado quando percebeu como seu tom de voz pareceu desamparado.

"Claro, como Louise sempre nos lembra, há coisas que nunca devemos esquecer", Albert disse, como se estivesse passando um sermão no amigo.

"*Kolangèt manman* Louise, que ela se dane!", Max Pai gritou, finalmente se permitindo botar para fora toda a extensão de sua raiva: de si mesmo, do filho, de Flore, mas sobretudo de Louise George.

Jessamine recuou um pouco, abraçando com mais força o pilar da varanda, como que para dar espaço a ele. Olhando para o rosto dela, a testa alta, a tatuagem, e as bochechas com piercings, Max podia sentir que ali havia alguma história mais profunda, alguma história que ele provavelmente jamais conheceria. Albert não disse nada, deixou o amigo ferver por um momento. Em vez disso, pôs o chapéu no colo e permitiu que as mãos tremessem livres para que ela visse.

Agora estava ficando ainda mais escuro, tão escuro na rua de Max Pai que já dava para ver luzes através das janelas de algumas casas. O silêncio entre os três agora incomodava tanto Max Pai que ele não se sentiu tão tímido ao fazer a pergunta que fez a seguir.

"Você e o meu filho estão apaixonados?", ele perguntou. "*Nou renmen?*"

Depois que as palavras cruzaram seus lábios, ele se deu conta de que soavam mais como uma súplica do que como uma pergunta. Por favor, por favor, ame o meu filho, era o que ele dizia na verdade. E, ao menos dessa vez, ele se sentiu agradecido por Albert ter se contido e não interrompido para perguntar, brincalhão, por exemplo: "Quem, eu? Se estou apaixonado pelo seu filho?". Em vez disso, foi a moça quem perguntou: "Eu?". E Max Pai disse: "Como não estamos nem no rádio nem na televisão, vou assentir e responder que sim ao mesmo tempo".

Max Pai assentiu e Jessamine franziu a testa para demonstrar sua desaprovação por ele fazer piada com o programa e com Flore.

"Seu filho é meu amigo", ela disse, os olhos seguindo os vaga-lumes que acendiam e depois desapareciam em volta deles. "Ele é o meu amigo muito terrível e imperfeito e querido."

Max Pai pensou que aquela era uma descrição precisa, que ele mesmo poderia ter usado.

"Eu me apaixonei pelo seu filho quando nós nos conhecemos e eu não sabia nada a respeito dele", ela prosseguiu.

"E ele?", Max Pai interrompeu para perguntar. "Ele se apaixonou por você?"

"O que acha?", ela perguntou, impetuosa.

"Obviamente, ele não sabe o que pensar", Albert opinou. "É por isso que está perguntando."

"Apesar de eu ser tão adorável", ela disse, agora agitando as mãos como se quisesse pegar os vaga-lumes, "ele não é capaz de se apaixonar por mim."

"Como assim?", Max Pai perguntou.

"Achei que já saberia a resposta", a moça disse a Max Pai da mesma maneira direta como tinha dito tudo mais. "O seu filho se apaixonou uma vez na vida, e a pessoa por quem ele era apaixonado morreu."

Max Filho estava deitado de barriga para cima, embaixo dos coqueiros que se inclinavam como se quisessem tocar o mar. Ele enfiou as mãos sob a cabeça e olhou para as nuvens escuras que bloqueavam a lua e depois fugiam dela. Não havia dúvida de que todos podiam e deviam desprezá-lo, e tinham boas razões para isso. Flore mais do que ninguém.

Ele se lembrou da tempestade de granizo que parecia que ia despedaçar o mundo com sua força. Ele se lembrou dos braços agitados dela. Naquela noite, ele tinha sido tolo, queria provar algo ao pai, que era capaz de ficar com Flore. Ele queria que o pai dele ouvisse os gritos dela.

Até hoje, ele não tinha ficado com nenhum homem a não ser Bernard. Ele e Bernard iam à praia em noites como aquela e tiravam a camisa, então mergulhavam na água. No começo, Bernard tinha medo do mar. Ele era um bom nadador, mas sempre ficava receoso de ser pego por uma corrente e ser levado embora. De desaparecer para sempre.

Agora, caminhando totalmente vestido até a água, Max Filho pensou na versão do pai para um conto popular da Cornualha que o velho homem tinha lhe contado quando ele era pequeno.

Um menino é atraído para a floresta por uma música. Quanto mais o menino penetra na floresta, mais densa a floresta fica e mais linda a música fica. O menino segue a música até se perder e já não saber onde está. Ele fica com tanto medo que quer voltar para casa, mas também quer seguir a música para ver aonde ela leva. Depois que ele se embrenha tanto na floresta que não dá mais para avançar, ele começa a gritar por socorro. E é aí que uma fada aparece e abre um caminho para ele. O caminho leva ao mar, onde a música de repente cessa e o menino agora está tão cansado que se deita e cai no sono. Quando acorda, o menino se vê de volta em casa, a salvo em sua própria cama, com a cabeça cheia de música e sereias e palácios de cristal sob o mar. A fada na floresta salvou esse menino, o pai dele disse, porque a fada queria que o menino continuasse inocente e bom, e que essa inocência e essa bondade eram tão preciosas quanto os sonhos que ela tinha posto na cabeça dele. E, por causa dessa inocência e dessa bondade, ela iria cuidar dele para sempre.

Max Filho então entrou na água, sentindo as ondas frias se formarem e quebrarem ao redor dele enquanto a água inflava sua camiseta vermelha, aquela que Jessamine tinha lhe dado para sua viagem de volta para casa. No mar, ele pensou na música, do tipo cheio de batidas de rap que ele antes tocava em seu programa de rádio, do tipo que Bernard gostava. Também pensou em flores e pensou nas casas de passarinho que ele e o pai tinham construído juntos, depois de horas de estudo e treinamento de judô, quando ele era menino. Pensou na plumagem escura de alguns petréis e das gaivotas que precedem a chegada de uma tempestade. Pensou nos pombos, mortos e vivos, das histórias de Bernard. Pensou nas orquídeas e nas rosas do jardim de seu pai, nas libélulas que voavam de um lado para outro depois de uma chuva pesada e nos vaga-lumes que os bombardeavam à noite. Pensou em como as rosas tinham sido atingidas na noite da tempestade de granizo mas continuaram tendo néctar suficiente para atrair um beija-flor na manhã seguinte. Pensou em jasmins-amarelos, as flores preferidas de sua mãe. Ela amarrava um buquê ao sininho na frente da bicicleta dela, depois os dois pedalavam lado a lado pela cidade. Pedalavam até a fábrica de *kleren* e a mãe dele, aspirando o ar, ficava tonta com o cheiro de álcool puro. Ele pensou nas aulas de história da mãe sobre as ruínas de Abitasyon Pauline. Ele se lembrava da conversa que tinham tido no meio das ruínas pouco antes de ela ir embora. Você é quem você ama, ela tinha dito a ele. Você tenta consertar aquilo que você quebrou. Mas, lembre-se, o amor é igual a querosene. Quanto mais você tem, mais você queima.

Ele gostava dos aforismos sem rodeios da mãe. Também gostava do jeito como ela tentava explicar os vagalhões. Lasirèn, ela disse, fazia-se notar ao criar uma onda de alguns metros sempre que ansiava por companhia humana.

Certa noite, dez anos antes, depois de ficar sabendo que Flore estava grávida, ele estava sozinho na galeria do antigo farol de Anthère quando achou ter visto uma supernova explodindo sobre o mar. Foi tão deslumbrante que ele pôde distinguir as bordas irregulares e a linha de emissão, mesmo depois de fechar os olhos. Foi quando também achou ter visto o mar da noite rodopiar e se transformar num enorme funil, como se um redemoinho do meio do oceano tivesse se aproximado do litoral. Então as mesmas águas recuaram em silêncio — um tsunâmi ao contrário —, transformando as ondas em montanhas líquidas. Ele se levantou e pressionou as costelas contra a grade do farol até enxergar aquilo que acreditou ser parte do leito do mar, uma elevação do tamanho de uma montanha com recifes e bancos de areia desnudos que se estendiam por quilômetros. Então, com a mesma rapidez, as ondas se curvaram e a água desabou e cobriu apressada o leito do oceano como se nada tivesse acontecido.

Ele tinha se perguntado naquela hora se estava em choque, ou exausto, ou tendo uma alucinação. Mas agora ele acreditava que não tinha nem sonhado nem imaginado aquilo tudo, que aquilo tinha acontecido de fato.

Ele estava se lembrando disso, ele sabia, para evitar pensar no filho. Imaginou o rosto em forma de O derretendo, se desfazendo, naquele exato momento, no bolso de sua calça. Um desenho feito pelo filho dele, que tinha acabado de conhecer, o filho dele, a quem talvez não fosse ver nunca mais. Será que o encontro com ele tivera algum significado para o filho? Quanto tempo demoraria para o menino se esquecer dele? Será que seu filho cresceria chamando outro homem de *"papa"*? E, se isso acontecesse, será que algum dia haveria alguma hesitação, uma sombra de dúvida no fundo da mente do menino, algo que soaria falso no tom de sua voz? O pior caso de amor não correspondido, Jessamine tinha dito a ele, era se sentir rejeitado pelo pai ou pela mãe. Será que o segundo era ser rejeitado pelo filho? Ele tinha bastante conhecimento a respeito de amor não desejado, não correspondido. Até ele conhecer o filho, tinha sentido como se todo outro amor fosse uma versão fantasma, uma sombra daquilo que uma vez ele tinha tido.

As pessoas gostam de dizer sobre o mar que *lanmè pa kenbe kras*, o mar não esconde sujeira. Não guarda segredos. O mar era ao mesmo tempo hostil e dócil, o ápice do trapaceiro. Era tão grande quanto era pequeno, desde que você pudesse reivindicar uma porção dele para si. Dava para espalhar tanto cinzas como flores nele. Dava para tirar o quanto se quisesse dele. Mas ele também podia tomar de volta. Dava para fazer amor dentro dele e se entregar a ele e, era bem estranho, se entregar no mar dava um pouco a mesma sensação de se entregar na terra, respirando fundo e se desapegando. Dava para se deitar no mar com a mesma facilidade com que se deita na floresta, e simplesmente cair no sono.

Os olhos de Nozias estavam fechados fazia apenas alguns minutos quando foi acordado por um som estranho na água, ecos de uma pessoa chorando. Ou seria riso?

Ele sentiu um calafrio, estremecendo ao se aproximar da beira da água. Alguns de seus amigos, os outros pescadores que tinham saído dos seus barracos para rodeá-lo em apoio, ainda estavam dormindo pesado, com os corpos espalhados em posição fetal a seu redor pela areia. Outros, ele sabia, estavam na cidade ou no farol, procurando a filha dele.

Mas será que tinha sido Claire Limyè Lanmè que ele acabara de escutar naquela água?, ele se perguntou. Será que tinha sido isso que o acordara, a brisa do espírito dela passando, a rajada de seus últimos suspiros? Ele sentira algo parecido no dia em que a esposa dele tinha morrido. Era difícil de explicar, mas, no caso da esposa, foi uma imobilidade momentânea, como se o mundo todo tivesse ficado completamente em silêncio.

Ele sentia a mesma coisa agora, mas não tão forte. Será que era Claire afundando? Ou Caleb se acomodando no fundo do mar?

Ele olhou atentamente para a água, e as algas misturadas ao reflexo do céu da noite faziam parecer que havia pó de estrelas na superfície. Ele apertou os braços em volta do próprio corpo como que para se segurar inteiro enquanto esperava a voz da menina emergir das ondas.

"*Papa, se ou*?"

Em algumas manhãs, quando ele entrava no barraco, vindo do mar, Claire perguntava, com a voz meio sonolenta: "*Papa, é você?*".

"*Ki yès ankò*?", ele perguntava. "Quem mais podia ser?"

Agora, ele correu de volta para o barraco e lembrou, no meio do caminho, que tinha deixado madame Gaëlle lá. E, quando ele entrou, o lampião ainda queimava.

Madame Gaëlle e seu vestido brilhante não tinham se movido da beirada da cama dele. Ela observava as sombras do pavio do lampião bruxulearem pelas paredes cobertas de jornal quando ele gritou: "Filha, é você?".

A parteira tinha dito a ele que as últimas palavras de sua esposa antes de morrer tinham sido para a cabeça e os ombros de Claire que começavam a aparecer. Apesar de debilitada e fraca, ela ainda tinha conseguido dizer: "*Vini*". Venha. Mas ela se foi antes de Claire vir.

Ele fechou a porta e pressionou as costas contra ela, mais uma vez sem saber o que dizer.

"Encontrou a menina?", madame Gaëlle perguntou.

Ele balançou a cabeça para dizer que não.

Na véspera do sétimo aniversário de Claire Limyè Lanmè, ele tinha procurado o amigo Caleb para pedir um favor especial. Caleb era um em meio a um punhado de seus amigos pescadores que sabia ler e escrever, por isso Caleb conferia documentos e escrevia cartas para ele e para alguns outros pescadores. O fato de a mulher de Caleb ser surda-muda — ela sempre estava presente quando ele escrevia cartas — também garantia que as palavras ditadas na presença dela não iriam se espalhar pela rede de fofocas *teledyòl* da cidade.

Nozias tinha ido até Caleb para que ele desse uma olhada nos documentos que seriam exigidos se madame Gaëlle adotasse Claire. Havia a certidão de nascimento de Claire e seus boletins escolares, mostrando que ela era ótima em tudo, e que inclusive tinha bom comportamento. Mas, ali no barraco de Caleb, que era duas vezes maior que o dele, ele resolveu, no último minuto, ditar uma carta para Claire.

Aos sessenta e nove anos, Caleb era mais velho do que a maioria dos homens que ainda saíam para o mar. Diferentemente da maior parte dos pescadores, cujas mãos pareciam ter sido cortadas várias vezes e remendadas, as mãos de Caleb eram as mais macias, e as menores, que Nozias já tinha visto num homem adulto. O jeito como Caleb copiava as palavras que se derramavam de sua boca parecia mágica para ele. Nozias ficou estupefato quando Caleb leu as palavras de volta para ele. As frases, tão poucas e banais como eram, faziam parecer que Caleb tinha entrado na cabeça dele e reorganizado tudo.

Madame Gaëlle agora observava enquanto ele ia até seu catre e erguia o travesseiro em que sua cabeça costumava repousar. Estavam próximos o suficiente para que ela pudesse estender a mão e tocar as costas das mãos lisas e sem pelos dele. Ele pegou o saco de plástico preto em que os documentos de Claire Limyè Lanmè e a carta dele estavam cuidadosamente embalados. Ele desamarrou o saco com cuidado para não rasgar o plástico. Tirou a carta e lhe entregou.

Madame Gaëlle apertou os olhos como se estivesse com dificuldade de enxergar as palavras, então se abaixou para ficar mais perto do lampião, deixando ainda menos espaço entre eles. Ela começou a ler a carta para si mesma, depois ergueu a voz:

Claire Limyè Lanmè,

Agradeço a Deus pela habilidade de usar a minha voz para ditar esta carta para você. Claire, por favor, lembre-se destas coisas que vou lhe contar aqui. Não importa o que você escutar mais tarde na sua vida, não estou fazendo isto por dinheiro. Eu não vendi você. Estou dando a você uma vida melhor. Por favor, seja boazinha com a madame e faça tudo que ela disser. Continue a ir bem na escola, assim vai crescer para ser uma mulher inteligente e importante. Também se lembre de não dormir de barriga para cima para não ter pesadelos. E nunca se esqueça do seu papa *porque eu nunca vou me esquecer de você. Isto é tudo que eu desejo dizer por enquanto. Obrigado por usar seu tempo para ler estas palavras.*

Nozias Faustin, seu pai

Madame Gaëlle voltou a dobrar a carta e a devolveu ao saco. Ela apertou os lábios contra a nuca dele, deixando que se demorassem ali num beijo.

Ele não era beijado por uma mulher daquele jeito desde que a esposa tinha morrido, um beijo que parecia dar lustre a ele. Ele sentiu como se seu corpo tivesse se transformado em ouro. Um jato de luz passava por ele, e, quando ergueu a mão para tocar no rosto dela, sentiu o corpo dos dois se expandir além do tamanho daquele cômodo.

"O que nós vamos fazer quando Claire voltar?", ela perguntou, tirou os lábios da nuca dele e deslizou, escorregou para longe do lado dele na cama, para longe dele. No entanto, ela tinha dito *"nou"*, nós, e ele ficou contente de ela ter falado assim.

O que *nós* vamos fazer quando Claire voltar?

O que ele mais queria para sua filha era o seguinte: ausência de crueldade, sensação de segurança, mas também amor. Benevolência, assim como solidariedade, mas amor acima de tudo.

Ele não tinha certeza do que faria quando Claire voltasse. Ele não sabia. Talvez ainda fizesse com que Claire fosse morar com ela. Ou talvez adiasse outra vez por mais um ano. Depois, mais um. Depois, mais um. E logo ele iria ver por si se o que diziam a respeito de as crianças crescerem tão rápido era verdade por mais de sete anos. *Avan w bat zye w.* Num piscar de olhos. Antes que você se dê conta, estão tocando a própria vida. Talvez, na ocasião, Claire teria idade suficiente para ela mesma deixá-lo. Ou talvez algo terrível aconteceria com ele antes de ela crescer. Ou talvez, assim como Caleb, ele iria se perder no mar e madame Gaëlle iria se lembrar de que naquela noite uma promessa tinha sido extraída dela. Ela tinha dito sim. Ela tinha dito *"nou"*. Ela tinha concordado em ficar com Claire. Mas, primeiro, Claire precisava voltar. E, quando voltasse, será que ia voltar a morar com ele? Será que teriam mais um ano juntos, na praia? Era o que ele esperava que sua esposa fosse dizer, se ela se encontrasse na posição dele, entregando a filha deles: é melhor a criança chorar pelo pai agora do que por tudo mais tarde. Mas será que ela iria, será que ela poderia — ela, a esposa dele, ela, a filha dele, e ela, madame Gaëlle —, será que elas poderiam enxergar as coisas assim?

Madame Gaëlle se levantou e passou para o catre de Claire, de modo que agora estava na frente dele, olhando para ele.

"Quero perguntar mais uma vez", ela disse, "por que você quer entregar a menina. E para mim."

"Não sou o primeiro", ele disse, tentando ficar calmo, permanecer equilibrado, "e também não sou o único a entregar uma criança."

"Eu costumava ver você", ela disse, "passar em frente à loja de tecidos quando ia visitá-la na funerária. Você amava aquela mulher, a mãe dela, tanto..."

E, com essas palavras ainda no ar, Nozias se levantou num gesto abrupto e saiu do barraco mais uma vez, na esperança de evitar aquela parte do diálogo, de evitar pensar o quanto só a ideia de entregar a filha deles teria deixado sua esposa arrasada. E se as duas Claires agora não estivessem mais ali para sempre? E se ele nunca mais voltasse a ver a filha?

Depois que ele saiu, Gaëlle achou ter escutado Nozias gritar. Ela pegou o lampião de querosene e saiu apressada pela porta, foi até o mar, até a beira da água, onde ele estava postado com as ondas batendo em seus pés.

Nozias Faustin tinha de fato amado a esposa. E uma das maneiras que ele tinha de demonstrar era visitá-la na funerária onde ela trabalhava, sempre que não estava no mar. Certa tarde, quando ele chegou à funerária, ela estava esfregando a mesa de cimento que ficava na altura da sua cintura, onde ela banhava e vestia os mortos. A mesa era presa ao chão e tinha largura suficiente para duas ou três pessoas se deitarem com folga. Mas só a esposa dele estava ali quando ele chegou.

Em suas visitas, ele costumava encontrá-la no meio do trabalho, o corpo pequeno engolido por seu avental de plástico cor de areia, os dedos longos cobertos por luvas secando gotas de água de um cadáver nu. Às vezes era alguém que ele reconhecia e ele ficava se perguntando como ela era capaz de tocar com tanta intimidade, na morte, em alguém com quem tinha conversado em vida. Às vezes, quando tinham se afogado, os corpos estavam inchados, irreconhecíveis. Nessas ocasiões, ela lhe entregava uma proteção de pano para a boca e o nariz, igual à dela, e então parecia esquecer que ele estava presente. Em vez disso, ela conversava com os mortos. Aproximava dos ouvidos deles o rosto coberto pela máscara e contava tudo que tinha acontecido na cidade desde que tinham morrido.

Na maior parte do tempo, ela tinha, ele sabia, outras companhias. Parentes chegavam para ajudar a banhar e vestir. Depois ela lhe contava que observava os toques de ternura que mais tarde usaria com aqueles cujos parentes preferiam não ir até lá. Às vezes ela aplicava perfumes especiais, colocava um par de meias ou uma meia-calça que ela mesma escolhia, apesar de os mortos nunca usarem sapatos. Sapatos só serviam para arrastar as pessoas para baixo na vida após a morte.

Ela costurava algumas das roupas para os mortos, sobretudo os bebês, para quem era triste demais comprar roupas para o enterro, mas, sempre que necessário, ela ajustava as roupas que eram levadas, geralmente grandes demais ou pequenas demais. Ela também lhe contava de famílias que enterravam seus mortos num lugar secreto, antes de o caixão fechado cheio de cimento ir para o velório, por medo de que os mortos pudessem ser roubados do cemitério e transformados em zumbis. Ela sempre se surpreendia que tantas fotos levadas para os folhetos fúnebres fossem de décadas antes; a foto de capa do folheto de alguém centenário costumava ser uma foto de casamento ou um retrato de alguma ocasião especial quando a pessoa mal tinha saído da adolescência.

De vez em quando, a família solicitava que ela extraísse as coroas de ouro da boca do morto, mas isso ela nunca ousava fazer. Ela pedia a *Msye* Albert que fizesse.

Ela se sentia agradecida, às vezes dizia a Nozias, por nunca ter que entrar sozinha na câmara refrigerada para tirar um cadáver da prateleira, nem mesmo um cadáver de bebê que ela poderia erguer e carregar com facilidade. Sempre que ela tinha que banhar e vestir os cadáveres, já os encontrava na mesa a sua espera.

Nozias estava presente certa vez quando ela aplicou o último toque de pó de arroz no rosto de um rapaz e os dois olhos do homem se abriram de repente. Nozias tinha tomado um susto e recuado de um pulo, mas ela não se abalou.

"Só preciso dizer a *Msye* Albert para *sele*, ou fechar, os olhos mais uma vez", ela disse, e continuou com o trabalho.

Fechar os olhos, ele aprendeu naquele dia, não significava colocar o dedo nas pálpebras e movê-las para baixo, como ele tinha visto leigos fazer. Em vez disso, significava colocar pedaços de borracha do tamanho de uma digital de polegar debaixo das pálpebras para que permanecessem fechadas.

Alguns dos cadáveres soltavam gases como se estivessem vivos, só que eram gases mais fedidos, mais putrefatos. Mas não tinha nenhum cheiro assim naquele dia, só pairava no ar a fragrância de desinfetantes com aroma de limão que ela usava para esfregar a mesa de cimento depois que lavava cada corpo.

Quando ele se dirigiu a ela na sala de preparo naquela tarde, ela não se apressou para ir ao encontro dele. O avental de plástico que ela usava era pesado, ele pensou, ou talvez fosse outra coisa.

Ele escutava acima de si, a seu redor, os rangidos e os ecos que vinham de outras partes da casa, os passos ruidosos e as conversas abafadas do escritório no andar superior. Ao lado da sala em que eles estavam ficava o mostruário, com os caixões enfileirados contra a parede. Ao lado dele ficava a capela com um vitral da Última Ceia, confeccionado ali mesmo, na cidade, com rostos negros, por um artista de Ville Rose.

Sua esposa tirou o avental de trabalho e deixou que caísse a seus pés. Por baixo, usava seu vestido preferido, um vestido verde-papagaio com a saia armada que ela mesma tinha costurado. O cabelo dela estava bem penteado, as trancinhas de raiz alinhadas como as estradas de um mapa para alguma terra misteriosa. Suas mãos estavam unidas por cima dos seios e ela fechou os olhos, como se estivesse dormindo em pé. Ele se perguntou se era isso que ela estava fazendo antes de ele chegar, escutando com os olhos fechados tudo que acontecia a seu redor.

"Já não somos dois. Agora somos três", ela disse. Ele arregalou os olhos. O rosto infantil dela, seu rosto infantil geralmente sereno, estava contorcido num nó inexplicável, como se ela estivesse segurando lágrimas.

"Como pode contar a alguém que está grávida numa funerária?", ele perguntou quando ela terminou de falar. Ele estava feliz demais para não dar risada. Ele correu até ela e a abraçou, então deu um passo atrás por medo de esmagá-la. Ela também estava rindo quando ele a abraçou. Então ele ficou um pouco triste, e a tristeza dele, misturada à alegria intensa, fez com que ele a abraçasse apertado mais uma vez. Como é que a vida em si, por mais que você a deseje em seu corpo, não parece fútil depois de você ter visto tantos mortos?

Ela tinha lhe contado sobre mulheres grávidas que ela tinha vestido para o enterro com o bebê ainda dentro delas. Como é que isso podia não estar na cabeça dela naquela tarde?

"Eu disse a *Msye* Albert", ela falou, "que não vou mais banhar e vestir os mortos."

Ele tinha se acostumado com os mortos serem parte da vida dela. Como ela tinha tocado em tantos cadáveres, alguns dos amigos e vizinhos deles se recusavam até a apertar a mão dela ou não comiam o que ela cozinhava. Mas ele se contentava em viver com tudo isso, se isso significava viver com ela. Às vezes, ele até sentia o cheiro dos mortos nela, em fluidos de embalsamamento e desinfetante. As mãos que acariciavam o rosto dos mortos acariciavam o dele. Ele adorava suas constelações de cicatrizes de tanta costura que ela fazia sem dedal. Ele adorava como as pontas dos dedos dela podiam ser ásperas, como pareciam um ralador minúsculo até quando ela era delicada. E ele sabia que a compaixão que ela tinha pelos mortos, sua benevolência para com todos, fariam dela uma boa mãe, uma ótima mãe.

Naquela tarde, na funerária, foi como se a vida tivesse surgido para abraçá-lo, apesar daquele lugar de morte. Ele ergueu o vestido dela até a cintura, abaixou-se e apertou a orelha contra a barriga ainda lisa e ficou lá, tentando escutar algum som novo baixinho.

"Eu disse ao bebê para não contar nada para você por enquanto", ela brincou.

Depois que ela morreu, ele iria se lembrar de ver o corpo dela estendido no catre onde tinham dormido juntos desde que ela tinha ido morar com ele. Ficou chocado ao ver que, na morte, apesar de a bebê não estar mais dentro dela, sua barriga ainda estava redonda igual ao papo de um tesourão.

A parteira tinha posto o mesmo vestido verde-papagaio na esposa dele, e parecia pequeno, apertado demais para o corpo dela. Suas mãos mortas estavam unidas por cima do peito, de um jeito que o lembrou de como ela tinha ficado encostada na parede na funerária, naquela tarde em que ele soube que ela estava grávida. Quando ele se debruçou e apertou a orelha contra sua barriga na sala de banhar e vestir, ela ficou murmurando: "*Sa se pa nou. Se pa nou*. É nosso. Nosso. Nosso. Nosso".

4.
Claire de Lune

Às vezes, Claire Limyè Lanmè Faustin sonhava com o dia em que tinha nascido. No sonho, era uma manhã cinzenta e o céu também estava grávido, de chuva. De um lado do cômodo, havia uma vassoura de sisal novinha em folha que, como acontecia em muitos partos caseiros, a parteira usava para passar na barriga nua da mãe e ajudar a "varrer" a criança para fora. Do outro lado do cômodo havia uma cadeira com um cueiro amarelo aberto em cima. Uma brisa soprava por baixo do cueiro, fazendo com que subisse e descesse junto com a respiração da mãe dela. O eco do coração que batia tão alto acima de sua cabeça cessaria quando duas mãos libertassem seus ombros e depois a tirassem dali com um puxão.

"Uma *revenan*", ela ouviria a parteira dizer. "Ela é uma *revenan*."

Isso significaria, claro, que a mãe dela tinha morrido.

Logo depois de ela nascer, a parteira iria banhá-la, mergulhando seu corpo numa vasilha de água tão quente quanto sangue, depois a parteira usaria a mesma água para lavar sua mãe. No sonho, Claire teria um vislumbre da mãe quando a parteira a erguia para fora da água. A mãe dela é ossuda e comprida e está deitada no catre do pai dela com um vestido cor de folha. O rosto da mãe dela está virado de lado, mostrando a parte mais alta de uma bochecha. Por cima da mãe aparece o rosto de seu pai e as rugas de preocupação entalhadas nele, como covas em miniatura.

Então ela sonhava com peitos, cheios, fofinhos, seios feito almofadas, cujos bicos se transformavam de carne em borracha, e ela sonhava com seus pés ficando empoeirados quando caminhava pelo chão, ou com rios se tornando enlameados quando pisava neles, e acordava desejando que pudesse continuar dormindo para sempre, só para poder ver mais daquelas coisas em seus sonhos e compreendê-las por inteiro. E finalmente ela poderia entender por que, em sua vida real, desperta, tinha que se lavar em baldes ao lado das latrinas atrás dos barracos se havia água por todo lado, apesar de ser água do mar, e se você se banhasse com água do mar, ficava com uma camada de sal sobre a pele que parecia cinza e poeira, e quando você tocava o braço com a língua, sentia o gosto do sal do mesmo jeito que sentia o gosto do sal quando, em segredo, passava a língua sobre os peixes estripados e salgados do seu pai e a língua sangrava de ser esfregada contra as escamas salgadas e o sal ardia nos lugares em que você tinha cortado a língua, deixando o sal ainda mais delicioso.

O sal era a vida, ela costumava ouvir os adultos dizerem. Algumas das mulheres dos pescadores jogavam para cima uma pitada de sal moído para ter boa sorte antes de o marido sair para o mar. (Algumas também se recusavam a comer, ou se banhar, ou pentear o cabelo até o marido voltar.) Quando zumbis comiam sal, isso os fazia voltar à vida. Ou pelo menos era o que ela sempre ouvia dizer. Talvez, se ela comesse bastante sal, finalmente seria capaz de entender por que o pai não permitia que ela vagasse por aí, *flannen*. Mas ela sempre tentava. Às vezes, enquanto o pai estava no mar, ela andava pelo mercado e fingia ser uma das crianças enviadas para comprar provisões para levar para casa, para a mãe. E ela pegava coisas no mercado e voltava a pôr no lugar, despertando e logo depois esmagando a esperança dos vendedores, que ficavam resmungando sem abrir a boca quando ela se afastava.

De vez em quando, um dos vendedores gritava: "Igualzinha à mãe!", e ela ficava se perguntando o que mais ela poderia fazer para que eles dissessem com mais frequência ainda que ela era igualzinha à mãe. Fora morrer, claro.

Além de ouvir os vendedores gritarem que ela era igualzinha à mãe, ela gostava de andar pelo mercado porque tudo lá era misturado, os bodes que baliam, as galinhas que cacarejavam, os vegetais da estação, e seu preferido era fruta-pão, porque as pessoas chamavam fruta-pão de *lam veritab*, almas verdadeiras. Ela gostaria de *flannen* nos lugares de comer e nos hotéis à beira-mar também, naqueles onde diziam que as mulheres passavam os dias e as noites de calcinha e sutiã e onde os homens entravam apressados, como se tivessem muito medo de ser vistos. Mas esses lugares não eram para crianças, e ela tinha ouvido o pai dizer, quando contavam a ele que ela tinha vagado para muito longe do caminho normal e tinha se aproximado de um daqueles lugares, que uma menina que entrava num lugar daqueles podia sair de lá diferente. Ela poderia entrar menina e alguém poderia tapar sua boca com a mão e ela poderia sair sangrando entre as pernas e as pessoas iam começar a chamá-la de madame, porque ela não seria mais considerada menina. Se ela chegasse perto daqueles lugares, seu pai tinha lhe dito, as pessoas ficariam cochichando pelas costas dela que ela era a madame de muitos homens. Tinha havido uma menina assim na escola, alguém tinha tapado sua boca com a mão, alguém a tinha feito sangrar entre as pernas. A menina teve que sair da escola depois disso. As pessoas na cidade falavam do filho do diretor da escola assim também. Chamavam o moço de madame, outro tipo de madame, diziam. Também diziam que ele tinha roubado (*vòlè*) ou que tinha violentado (*vyole*) uma moça que tinha (*vole*) fugido. *Vòlè vyole w, ou vole*. A moça que tinha *vole*, fugido, não era mais moça, mas sim mulher, uma mulher que depois teve um filho do filho do diretor da escola. Era igual a uma daquelas histórias que madame Louise George costumava ler para as classes do *matènèl* da escola quando madame Louise ainda ia à escola. Nas histórias de madame Louise, tudo era organizado de uma certa maneira;

tudo era certinho. As coisas começavam bem, mas acabavam ficando ruins, e depois ficavam boas de novo. Claire não acreditava em histórias assim, nem quando achava que eram direcionadas a ela, nem quando tinham a intenção de defendê-la ou ensinar a ela algum tipo de lição. Ela às vezes também não gostava de pessoas. Sentia quando elas se moviam a seu redor, trocando de lugar. Às vezes, ela desejava que as pessoas, especialmente os adultos, fossem árvores. Se apenas as árvores pudessem se mover. Com árvores, você é que tinha que se mover ao redor delas. Mas as árvores não choravam. Não reclamavam.

As pessoas gostavam de reclamar. Até o pai dela, que geralmente era tão quieto. No entanto, a maioria das pessoas era mais inteligente do que as árvores porque sabia falar. Mas falar não era tudo. Quem se importava se você sabia falar se você resolvesse se levantar e ir embora? Por isso, a pessoa mais inteligente que ela conhecia era madame Josephine.

Madame Josephine não tinha voz, por isso ela inventou uma linguagem nova com as mãos. Era uma linguagem mais direta do que aquela que os adultos falavam. O pai dela sabia essa linguagem das mãos, e as pessoas eram capazes de compreender madame Josephine por causa dele. Era como se o pai dela e madame Josephine pudessem ser gêmeos, nascidos na mesma hora, no mesmo dia. Ela imaginava o que as pessoas teriam dito se ela e a mãe tivessem morrido no mesmo dia. Durante um tempo, foram gêmeas, quando ela estava dentro de seu corpo. Mas ela nunca tinha sonhado que estava dentro do corpo da mãe, só naquele último momento em que ela teve que sair e aquele último momento sempre fazia com que ela pensasse em água.

Às vezes, quando ela estava deitada de costas no mar, com os dedos dos pés apontando para a frente, as mãos viradas para baixo, as orelhas meio submersas, enquanto ela escutava ao mesmo tempo o mundo de cima e de baixo da água, ela desejava que a água salgada fosse o corpo de sua mãe, as ondas, as batidas do coração de sua mãe, o sol, o túnel que a guiou para fora no dia em que sua mãe morreu. Do mar, mesmo deitada de costas, ela ainda podia ver sua casa na praia e, acima dela, as casas na colina e o farol de Anthère e, acima disso, todas as samambaias densas de Mòn Initil. À noite, era impossível enxergar Mòn Initil. Mesmo quando uma lua cheia estava estacionada em cima dela e ela atraía dezenas de estrelas cadentes, Mòn Initil continuava parecendo um espaço vazio ao pé do céu. Tudo bem, porque as pessoas tinham medo de Mòn Initil.

Uma história que madame Louise tinha lido para a classe quando Claire era menor dizia que as pessoas tinham medo de ir a Mòn Initil porque era lá que, nos tempos antigos, os escravos que fugiram da velha Abitasyon Pauline se esconderam, e alguns nunca tinham saído de lá. Os ossos dos nossos ancestrais, madame Louise tinha dito com sua voz rouca, ainda se espalham pelo solo de Mòn Initil, e seus fantasmas ainda assombram as árvores ali.

Mas durante o dia, e vista da água, Mòn Initil parecia inofensiva, convidativa até. O terreno formava terraços naturais, então as árvores se alinhavam bem certinhas em fileiras, uma mais alta que a outra. O farol de Anthère era feio durante o dia e, às vezes, com o sol brilhando lá no alto, não passava de pedras se projetando do cimento, quando não parecia todo desbotado. Mas, à noite, especialmente nas noites em que alguém tinha desaparecido ou morrido, ele se acendia feito uma superlua. E brilhava.

Ela nunca tinha subido até o topo do farol de Anthère, até a galeria, mas imaginava que, se algum dia fosse até lá, seria para se despedir do pai se ele se perdesse no mar. Seria para acender uma lamparina ou agitar uma lanterna na noite, com a esperança de que ele a enxergasse da água.

"Alguns momentos antes, e teria sido eu", o pai dela tinha lhe dito naquela mesma manhã. E o que ela teria feito se tivesse sido ele? Para onde ela teria ido se a comerciante de tecidos tivesse dito não mais uma vez? Quem teria cuidado dela pelo resto de sua vida? Havia os parentes no vilarejo da montanha, o pessoal da mãe dela, que às vezes aparecia no Natal com mandiocas e frutas-pão, pois eles sabiam que ela gostava. Mas, tirando isso, ela nunca os via. Eles apareceriam mais uma vez e ela teria que ir atrás deles montanha acima e ela teria que abandonar a escola e as poucas crianças da sua classe que conversavam com ela. Mas será que ela voltaria a ver o pai? Ele ia entregá-la para a comerciante de tecidos, a mulher cujos peitos tinham sido os primeiros que ela tinha sugado, como ele gostava de lembrar a todos. Por que ele simplesmente não a tinha dado para aquela mulher depois que ela sugou seus peitos?, ela se perguntava. Assim ela não teria conhecido nenhuma outra vida. Teria usado sua primeira palavra para chamar aquela mulher de "*manman*". Teria chamado por ela quando estivesse doente. Teria feito bico para ela quando levasse bronca. Teria segurado na mão dela para ir e voltar da escola. Teria conhecido a filha morta da mulher como sua irmã e teria uma irmã por quem se enlutar, em vez da mãe. Teria sido a mesma coisa. Ela não teria lembrado muito da irmã, também. Ela só conheceria o espaço vazio que a irmã teria ocupado, sem ser capaz de defini-lo. Ela não fazia ideia do que era ter uma mãe, mas sim uma série de atos maternais desempenhados por mãos diferentes: a tia nas montanhas — que tinha ficado com ela durante os três primeiros anos de sua vida —, as vizinhas, entre elas madame Josephine, que fazia sinal para que ela saísse do mar quando tinha passado muito tempo na água. O pai sempre a levava ao cemitério para visitar a mãe, mas se fosse do jeito dela, se ela pudesse dar opinião, visitariam a mãe dela no mar, porque a mãe dela teria sido enterrada no mar. Estava claro que a mãe dela gostava do mar. Tanto a mãe como o pai deviam amar o mar para ter dado aquele nome a ela. Se pelo menos ele falasse mais, o pai dela. Se dividisse com ela os pedaços da mãe dela de que ele gostava.

Se aqueles pedaços da mãe dela pudessem ser colocados numa caixa que ela pudesse abrir todo dia. Um momento seria suficiente, um momento importante que envolvesse mais do que a palavra *vini*, que ela tinha ouvido o pai comentar com as pessoas.

"Foi a última palavra da minha esposa, e foi para Claire", ele gostava de dizer. "E, no entanto, quando Claire chegou, a mãe já tinha ido embora."

A maneira como ele contava a história sempre fazia com que ela se sentisse como alguém que tinha aparecido em algum lugar sem ter sido convidada, como se não devesse ter chegado. Como se a morte da mãe fosse sua culpa. Outras vezes, ele parecia tão feliz de ela estar ali. Ela às vezes via quando ele a observava enquanto fazia a lição de casa. Ele fingia estar remendando uma rede ou afiando um palito para limpar os dentes, sentado em seu catre do outro lado do cômodo, mas na verdade observava o que ela fazia, como se estivesse procurando algo, algo que nunca conseguia encontrar. Talvez estivesse procurando a mãe dela. As mulheres que penteavam seu cabelo, os vendedores cujos produtos ela pegava e devolvia, todos diziam que ela era parecida com a mãe. "Igual a duas gotas de água", diziam. Ela devia caminhar igual à mãe também, e quando fosse mulher, uma madame de verdade, quando sua voz de adulta chegasse, será que também soaria igual à da mãe? Ou será que ela continuaria a confundir com sua presença as pessoas que tinham conhecido sua mãe? Talvez fossem confundi-la com sua mãe, quando ela ganhasse corpo, quando seu peito tivesse crescido, quando ela se transformasse em mulher.

Agora ela teria uma mãe, mas não uma mãe com quem ela iria se parecer. De todo modo, só por um momento, por uma palavra (*vini*), ela tinha tido a mãe com quem era parecida.

Enquanto brincava de *wonn*, quando dava as mãos para outras meninas, tanto na escola como na praia, quando agitavam os braços para cima e para baixo antes de começar a roda, quando estavam decidindo para que lado rodar ou que cantiga entoar, ela sempre pensava na mesma cantiga. Às vezes ela sugeria e recusavam, e outras vezes ela guardava para si, e fosse o que fosse que as outras meninas estivessem cantando ela cantava aquela cantiga específica na cabeça. Entoava aquela cantiga até quando pulava corda, quando ninguém estava cantando nada. E, sempre que ela cantava, era como se alguma outra pessoa estivesse ali com ela. Quando outras cinco meninas estavam brincando, se ela se movesse mais rápido que as demais, ela enxergava sete sombras no chão.

Lasirèn, Labalèn
Chapo m tonbe nan lanmè
Lasirèn, A Baleia
Meu chapéu caiu no mar

As outras meninas nem sempre gostavam dessa cantiga porque não era na verdade uma cantiga de *wonn*. Era uma cantiga de pescador. Apesar de a melodia ser alegre, a letra era triste. A gente nunca recuperava as coisas que caíam no mar. Ela ficava surpresa que os *granmoun*, os adultos, não passassem o dia inteiro entoando aquela cantiga. Tanta coisa tinha caído no mar. Chapéus caíam no mar. Corações caíam no mar. Tanta coisa tinha caído no mar. Tanta coisa ainda podia cair no mar, inclusive *Msye* Caleb, que tinha caído naquela manhã, e todos os homens iguais ao pai dela que iam lá atrás de peixes. Ela sempre tinha medo de um dia ter que entoar aquela cantiga todos os momentos de todos os dias. Não a respeito de um chapéu, mas a respeito do coração dela, a respeito do pai dela. E era por isso que ela às vezes desejava que o mar desaparecesse. Se o mar desaparecesse, ela sentiria falta de seus sons sempre em mutação: às vezes soava como uma longa respiração. E às vezes, como um grito. Ela sentiria falta dos trovões e dos raios que vinham com eles e por um momento iluminavam as regiões mais remotas do mar. Ela também sentiria falta das cores do mar: o turquesa à distância e suas marolas azul-claras de perto, a espuma branca no topo das ondas. Ela sentiria falta da cheia da maré alta e do recuo da maré baixa, das nuvens leitosas ou rosadas do amanhecer e das névoas alaranjadas do pôr do sol. Ela sentiria falta dos pedaços de madeira que chegavam boiando, dos vidros do mar, das conchas, especialmente aquelas em forma de orelha e as de vôngole. Ela sentiria falta de jogar pedrinhas no mar e ver até onde iriam. Sentiria falta até das algas melequentas que o mar cuspia, mais durante os meses quentes do ano. Também sentiria falta do cheiro do mar, que às vezes fazia com que ela pensasse em cabelo molhado. Claro, se o mar desaparecesse, talvez não houvesse peixe para comer e ela não teria a possibilidade de se deitar de costas e olhar para as colinas da água e às vezes enxergar a magia de como podia estar chovendo nas montanhas e fazer um sol perfeito onde ela estava. Mas, talvez, se o mar desaparecesse, o pai dela não precisaria mais ir lá, e as ondas insanas talvez não o pegassem como pegaram *Msye* Caleb. Havia outros mares em outros lugares, e, se ele a abandonasse, podia ir para esses outros mares. Podiam ser até mares mais fortes, mais insanos, mais poderosos do que o mar em frente à casa dela. Mas, nesses outros lugares, ele poderia ter um barco maior, que fosse grande o suficiente para os dois morarem nele, e ela poderia até ir com ele para onde quer que fosse e eles viveriam juntos onde as ondas insanas não os alcançariam. E, talvez, se ela entoasse aquela cantiga o tempo todo, ela impediria que coisas ruins acontecessem e isso impediria que o pai dela fosse embora e, se ele ficasse, que morresse naquele mar. Mas, nessas vezes em que ela entrava e se deitava de costas, com o rosto voltado para o céu, enquanto ele estava em outra parte daquele mar, algum lugar onde ela não pudesse avistar seu barco, ela esperava que, se o mar desaparecesse naquele momento, ela desaparecesse com ele também, e ela não precisaria sentir falta dele, e ele não teria que ficar triste, e ela não precisaria ficar se perguntando o tempo todo onde ele estava *chèche lavi*, em busca de uma vida melhor. Mas e se não houvesse vida melhor? Como ele podia não saber disso? Como é que os *granmoun*, as pessoas adultas, podiam não entender essas coisas? Como podiam não entender tudo?

De algum modo, naquela noite ela tinha convencido as outras meninas a entoar a cantiga de Lasirèn para o *wonn*. Era aniversário dela, ela tinha lhes dito. Ela tinha sete anos, ela tinha lhes dito. A menina mais velha permitiu que ela escolhesse a cantiga. Resmungaram quando ela falou, mas já sabiam o que estava por vir e estavam preparadas, e, enquanto os adultos se reuniam para se enlutar por *Msye* Caleb, ela e as amigas entoaram aquela cantiga até ficarem roucas, rodando até ficarem tontas. E, apesar de ela querer parar depois de um tempo, não queria que elas parassem e não recomeçassem com a mesma cantiga, então tentou continuar. Era o melhor presente de aniversário de sete anos que podiam dar a ela.

Quando madame Gaëlle chegou, Claire de algum modo sabia que ela interromperia a brincadeira. E, claro, assim que viram madame Gaëlle, as outras meninas pararam de girar e aproveitaram a oportunidade para fugir de Claire e da cantiga dela.

Ela pôde ver, pela expressão no rosto de madame Gaëlle, que ela estava com alguma ideia na cabeça. Madame Gaëlle queria algo dela. E a única coisa que madame Gaëlle podia querer era ela. Também era o que o pai dela queria, que madame Gaëlle ficasse com ela. No começo, ela sentiu medo da aproximação de madame Gaëlle, da maneira cuidadosa como ela se movia em sua direção. Também era algo incomum para uma senhora como madame Gaëlle estar na rua de vestido de festa elegante com bobes no cabelo e chinelos nos pés. Algo na missão de madame Gaëlle devia ser urgente. No começo, madame

Gaëlle pareceu se esgueirar para cima dela, depois se avultou por cima dela, como se estivesse juntando coragem bastante para fazer uma pergunta simples que outros adultos sempre lhe faziam: "Seu *papa* está aqui?".

Ela teve que erguer os olhos para o rosto de madame Gaëlle para responder. Ela não queria fazer isso, mas precisou fazer por causa do barulho das ondas e de todas as pessoas que visitavam madame Josephine, e a voz dela, de todo modo, não era muito alta quando ela ficava nervosa, então madame Gaëlle não seria capaz de entender a menos que ela olhasse bem nos olhos de madame Gaëlle.

Ela gostaria de poder explicar a madame Gaëlle antes e responder que ela não estava tentando faltar com o respeito ao encará-la. Ela sabia que encarar um adulto era desrespeitoso, assim como assobiar em público ou fazer comentários feios sobre a mãe de alguém. Então, em vez de pronunciar sua resposta, ela assentiu.

Madame Gaëlle se afastou, foi até uma pedra grande, então fez um sinal para que ela fosse se sentar em outra pedra, a seu lado. Ela olhou além de madame Gaëlle, desejando que o pai pudesse ver as duas de onde estivesse. Já fazia algum tempo que ela não o via, mas, se ele a visse e a madame Gaëlle juntas, iria voltar correndo com certeza.

Antes de começar o *wonn*, ela tinha escondido as sandálias perto da pedra onde madame Gaëlle estava sentada. Talvez isso fosse algum sinal. Talvez as sandálias dela tivessem escolhido madame Gaëlle. O pai dela com certeza consideraria como algum tipo de sinal se ela lhe dissesse que madame Gaëlle tinha ido se sentar bem onde ela escondera as sandálias. Talvez devesse dizer algo agora. Mas ela não sabia o que dizer e madame Gaëlle também parecia não saber o que dizer, porque madame Gaëlle ficou um tempão sem falar nada, mas Claire podia sentir que madame Gaëlle a observava do mesmo jeito que o pai a observava. Ela demorou para calçar as sandálias, sem saber o que fazer para que madame Gaëlle parasse de ficar olhando para ela sem falar nada. Então ela ouviu madame Gaëlle dizer: "Eu conheci a sua mãe".

Claro que madame Gaëlle tinha conhecido a mãe dela. Todo mundo na cidade, parecia, tinha conhecido a mãe dela. Todo mundo, menos ela. Ela sabia disso do mesmo jeito que sabia de tudo mais, ouvindo pedacinhos das coisas que os adultos diziam uns aos outros quando achavam que ela não estava escutando. Além do mais, a mãe dela e a filha de madame Gaëlle estavam enterradas juntas na mesma parte do cemitério da cidade, aonde ela tinha ido naquela mesma manhã.

Mas espere. Será que madame Gaëlle iria dizer a ela algo sobre a mãe que ela nunca tinha ouvido antes, aquela coisa a mais que ela sempre desejava que o pai lhe contasse? Será que madame Gaëlle tinha embalado um pedaço da mãe dela, um pedaço invisível, numa caixa invisível, que ela agora queria abrir para que ela visitasse? Será que a mãe dela e madame Gaëlle eram amigas? Será que era por isso que madame Gaëlle a tinha amamentado aquela única vez, fazendo com que madame Gaëlle fosse, como o pai dela gostava de dizer, sua mãe de leite? Ela queria saber mais. O que ela podia fazer para saber mais? Ela ergueu a cabeça e olhou bem nos olhos de madame Gaëlle. Não era desrespeitoso se fosse urgente, se você quisesse algo e não pudesse perguntar. Não era desrespeito. Era curiosidade. Era igual a madame Josephine que, por não ser capaz de falar, tinha que olhar no rosto de todas as pessoas, até dos médicos brancos do Sainte Thérèse quando estavam tentando falar com ela sobre sua perna. Mas os brancos não se incomodavam se a gente olhasse nos olhos deles — era o que as pessoas que os tinham visto de perto no L'hôpital Sainte Thérèse tinham dito. Os brancos lá na verdade queriam que a gente olhasse nos olhos deles. Era assim que eles alegavam saber se a pessoa estava sendo sincera. Então ela agora olhava nos olhos selvagens e enlutados de madame Gaëlle e fingia que madame Gaëlle era um daqueles brancos que não se importavam se a gente olhava nos olhos deles, mesmo enquanto um jorro de palavras saía da boca de madame Gaëlle.

"Sua mãe tinha costurado tantas coisas para você", madame Gaëlle ia dizendo, mas numa confusão, para si mesma. "Ela tinha costurado vestidinhos para você antes mesmo de estar grávida de você." Então madame Gaëlle disse algo sobre Deus. Não, não Deus, as mãos de Deus. A mãe dela, madame Gaëlle disse, a tinha roubado das mãos de Deus. "E daí você nasceu", madame Gaëlle disse, agora sua voz estava clara. E a conversa de *revenan*, madame Gaëlle estava dizendo que não acreditava nisso. Mas ela acreditava em aniversários, desejou a Claire *bòn fèt*.

Claire queria que madame Gaëlle continuasse falando sobre sua mãe. Mas madame Gaëlle parou de falar. Em vez disso, madame Gaëlle sorriu, mostrando alguns dentes brancos e compridos de aparência perfeita. Então, como se fosse uma revelação até para ela mesma, madame Gaëlle disse: "Sua mãe *era* minha amiga".

Como as pessoas diziam que ela e a mãe eram tão parecidas, talvez fosse por isso que madame Gaëlle queria ser amiga dela também. E porque o pai dela queria que ela e madame Gaëlle fossem amigas e que madame Gaëlle ficasse com ela.

Conta mais, ela tinha vontade de dizer. Por favor, conta muito mais. Abre aquela caixa invisível com a mãe invisível e me deixa ver o que tem dentro. Mas madame Gaëlle não falou mais nada. O sorriso dela se desfez e o brilho de seu rosto se foi, como se algo intrigante tivesse lhe vindo à mente, e ela franziu a testa como se a coisa que tivesse penetrado na mente dela fosse algo em que ela estivesse tentando achar sentido, que estivesse tentando entender. E Claire então imaginou que devia haver uma expressão parecida em seu próprio rosto, porque ela também estava tentando entender se madame Gaëlle agora estava aborrecida. Ou talvez madame Gaëlle estivesse pensando na filha. Madame Gaëlle sorriu mais uma vez, como se algo tivesse sido decidido na cabeça dela, e Claire desconfiava que talvez o sorriso de madame Gaëlle tivesse a intenção de impedir que ela se preocupasse, e talvez seu pai estivesse observando as duas de algum lugar, porque, naquele momento, ele se ergueu das sombras e de repente estava ali por cima delas, e a sombra dele cobria o corpo de madame Gaëlle.

O pai dela tinha bebido um pouco, provavelmente com os outros pescadores ao redor da fogueira. Ele não bebia com frequência e nunca bebia muito, mas, quando bebia, nunca ficava feliz. Ela sabia que a maioria dos adultos ficava feliz quando bebia *kleren*. Davam risada e dançavam sozinhos e contavam piadas. Mas o pai dela ficava ainda mais quieto quando bebia. Ele ficava mais triste também, tão triste quanto quando visitava o túmulo da mãe dela.

Os pés do pai dela pareciam não estar respondendo, como se ele estivesse cansado de se postar por cima dela e de madame Gaëlle, e ele se sentou na areia entre as duas. Cada um deles, o pai e madame Gaëlle, parecia estar esperando o outro falar primeiro, então Claire voltou a puxar as tiras da sandália e a tirar minúsculos grãos de areia de sob as unhas dos pés. Enquanto o pai dela estava com o rosto virado na direção do farol e das colinas, madame Gaëlle disse: "Hoje à noite, eu vou ficar com ela".

Será que podia ser tão simples assim? Um dia, ela era filha do pai dela e, no dia seguinte, era filha de madame Gaëlle? E será que isso realmente significava que o pai dela ia embora para sempre e que ela nunca mais voltaria a vê-lo? Será que ele pelo menos voltaria, como os parentes dela das montanhas, para trazer mandiocas e frutas-pão no Natal?

O pai dela pareceu surpreso ao escutar que madame Gaëlle tinha a intenção de levá-la naquela mesma noite. Talvez fosse assim quando a gente conseguia algo que sempre quis mas achava que nunca ia conseguir. Talvez o pai dela ficaria assim tão chocado quando fosse viver em algum outro lugar, só para descobrir que *chèche lavi*, a vida que ele tinha passado tanto tempo procurando, não era vida nenhuma sem ela.

Ela fez o que pôde para segurar as lágrimas, ficou com as mãos ao lado do corpo o máximo possível para o pai e madame Gaëlle não verem quando enxugasse as lágrimas, mas as lágrimas vieram mesmo assim.

"Por que agora?", o pai dela perguntou. Mas por que não agora, se o plano dele era entregá-la de todo modo?

"Agora ou nunca", madame Gaëlle disse. E Claire se perguntou o que isso queria dizer. Será que era a última vez que os três estariam juntos?

Claire olhou além de madame Gaëlle e do pai, para a aglomeração de pessoas que ainda estavam em torno de madame Josephine. A maioria delas tinha conhecido *Msye* Caleb, da mesma maneira que a maioria delas tinha conhecido sua mãe.

Ela se perguntou se sua mãe teria sido capaz de fazer o que seu pai estava fazendo, se ela teria coragem de entregá-la daquele jeito, para outra pessoa. Ela conhecia tanto pais como mães, famílias de pescadores, que tinham entregado os filhos, tanto meninas como meninos. Tinham levado os filhos para parentes distantes na capital para trabalhar como *restavèks*, crianças que serviam como criados e criadas. Outros tinham levado os filhos aos brancos do Sainte Thérèse e os brancos tinham posto as crianças em orfanatos. Algumas dessas crianças eram levadas para a capital e para outros lugares e nunca mais eram vistas nem se ouvia falar delas. Elas se tornavam filhos de outras pessoas em outras terras que nem sabiam existir.

Pelo menos ela ficaria ali e, se o pai dela não fosse embora, se ele desistisse de *chèche lavi* em outro lugar e ficasse em Ville Rose, ela poderia fazer uma visita de vez em quando. Ele também teria mais tempo para visitas porque, se ela estivesse morando com madame Gaëlle, ele não teria que trabalhar tanto. Não precisaria se preocupar tanto com ela.

"Claire Limyè Lanmè Faustin." O pai estava tentando atrair sua atenção. Mas ele nem precisava chamar seu nome. Ela já estava prestando atenção para escutar qualquer palavra, cada palavra que viesse dele. Mas ela não queria olhar para ele. Ela não queria vê-lo triste. Ela não queria fazer com que ficasse ainda mais triste. Ela achou ter notado lágrimas na voz dele quando ele perguntou a madame Gaëlle: "Não vai mudar o nome dela?".

Era por isso que ele tinha dito o nome completo dela. Ele queria lembrar a madame Gaëlle qual era. Claire Limyè Lanmè Faustin. Esse sempre seria o nome dela.

E o que mais, Claire se perguntou, será que ele ia pedir a madame Gaëlle para mudar ou não mudar em relação a ela? Era possível que ela nunca mais fosse voltar a dormir no mesmo lugar que o pai. Será que iam chegar a visitar o cemitério no aniversário dela?

O pai dela agora dizia algo sobre uma carta que iria entregar a madame Gaëlle. Talvez a carta explicasse mais do que ele tinha sido capaz de explicar. Talvez fizesse com que ela entendesse tudo. Mas nenhuma palavra jamais poderia fazer isso. Sabia disso porque, mesmo que, assim como *Msye* Caleb, ela fosse capaz de escrever as cartas mais maravilhosas, jamais seria capaz de escrever uma carta que pudesse explicar como ela estava se sentindo naquele momento.

Foi aí que ela levantou a mão. Pensou em fingir que estava na escola, apontando o indicador para o alto, para o céu, para chamar a atenção deles. Assim, ela não teria que olhar para nenhum dos dois.

Eles também perceberiam que ela sempre seria uma menina boazinha, que não ia brigar com eles nem desobedecer, que sempre faria o que eles dissessem. Mas, mesmo que ela fosse morar com madame Gaëlle, queria ter as coisas dela. Queria seus cadernos da escola e seus uniformes e, mesmo que madame Gaëlle tivesse camas refinadas na casa dela, queria pelo menos a colcha que cobria seu catre, a colcha que o pai disse ter pertencido a sua mãe. Então ela ficou com a cabeça baixa e a mão levantada e disse a eles que queria suas coisas: *"Bagay yo"*.

Em vez de falar, o pai dela olhou na direção do barraco e apontou com o indicador, sinalizando que concordava que ela fosse buscar suas coisas.

A vontade dela era tomar o caminho mais comprido, através da aglomeração, porque aquela com certeza era a última vez que ela ia até o barraco enquanto ainda era dela, mas sentiu que tanto o pai como madame Gaëlle estavam com pressa, que queriam acabar logo com tudo aquilo, então ela caminhou bem rápido e logo já estava abrindo a porta destrancada e olhando para dentro do barraco. Mas lá dentro estava escuro como breu, tão escuro como quando ela acordava no meio da noite precisando usar a latrina e tinha muito medo de se levantar até para usar o penico. Mas não era o medo que ela tinha do escuro que a impedia de entrar. Aquela escuridão já era sua conhecida. Ela sabia se movimentar por ela.

O que a impedia de entrar era a sensação de que ela tinha sido expulsa, como se sua casa não fosse mais sua. Então ela olhou para trás, para onde o pai e madame Gaëlle estavam sentados, e reparou que os dois não mais a seguiam com os olhos. Em vez disso, cada um estava olhando para partes diferentes da praia, tentando não olhar um para o outro, de modo que ela se aproveitou do momento em que sabia que estava na cabeça de cada um deles mas de jeitos diferentes, fechou a porta do barraco e saiu correndo.

Ela correu pela viela e serpenteou entre os barracos, até as palmeiras de coco-do-mar na entrada do caminho que levava ao farol. As sandálias dela se prenderam em alguns cipós de ilangue-ilangue que ladeavam a trilha onde o arenito se transformava em cascalho da montanha, depois em pedra da montanha. Ela ficou aliviada quando, finalmente, a trilha fez uma curva e se inclinou para cima, na direção da colina de Anthère.

A maioria das casas na colina de Anthère tinha muros altos de concreto com cacos de vidro, conchas e buganvílias no alto. Ela sabia que as buganvílias cresciam tão rápido que atravessavam muros individuais, criando coberturas não intencionais. As trilhas cobertas e descobertas ziguezagueavam para o alto, na direção do farol e de Mòn Initil.

Quanto mais alto ela subia, mais forte a brisa soprava e mais brilhantes as estrelas ficavam. A lua parecia maior, mais prateada do que branca. O ar era muito mais frio e o som das ondas diminuía, apesar de não desaparecer completamente. As únicas vozes que ela escutava agora vinham do farol e dos caminhos entre as casas. Conversas abafadas eram pontuadas por risadinhas de pessoas que pareciam estar fazendo cócegas umas nas outras.

Ela ouviu um cachorro latir. Aquele latido foi ecoado por outro, depois outro, até que começasse um coral de latidos de cachorros que pareciam ser grandes. Cachorros latindo — especialmente cachorros que pareciam ser grandes e gordos — sempre significava que você não era bem-vinda. Ela ouviu vozes de caseiros mandando os cachorros ficarem quietos, falando com eles como se fossem pessoas, dizendo a eles que se acalmassem. Para ter certeza de que ninguém a avistaria, ela se dirigiu às casas escuras e vazias na beira da colina, as casas mais novas e maiores que só ficavam ocupadas durante algumas semanas por ano.

Ela parou para recuperar o fôlego, apoiada no último muro antes que a colina terminasse de modo abrupto num penhasco. O muro era frio contra o braço dela e também liso, como se estivesse do lado de dentro de uma casa. Dali, a vista estava tão clara como sempre, e ela então pôde entrever parte da praia. Ela não enxergava seu barraco nem os coqueiros atrás dele, mas, mesmo com os olhos fechados, teria sido capaz de apontar na sua direção, junto ao bangalô onde *Msye* Sylvain morava com a mulher e doze filhos e netos. Quando não estava no mar, *Msye* Sylvain vendia *pen tete*, um pão em forma de peito, que ele e a família assavam num forno de barro que mesmo agora estava aceso.

Ela não enxergava o pai nem madame Gaëlle naquele momento, mas sabia onde estava *Msye* Xavier, o construtor de barcos e ferreiro, porque da colina as faíscas que saíam das ferramentas de *Msye* Xavier pareciam fogos de artifício. Ela viu madame Wilda, que tecia suas redes numa cadeira baixa atrás de sua casa, à luz de velas. Também viu a casa de *Msye* Caleb, porque a menina que ficava com madame Josephine estava cozinhando alguma coisa, e a menina estava iluminada pelo fogo de cozinhar e pelo lampião pendurado num poste na cozinha ao ar livre. Claire viu as silhuetas vestidas de branco, feito fantasmas, de madame Josephine e de suas amigas da igreja. Aquelas pessoas conhecidas e os fogos que as tornavam visíveis para ela, aqueles pontos de luz, agora pareciam fachos que a chamavam de volta para casa.

Mas não, ela não estava pensando em voltar.

De repente, havia mais luzes. Mais gente avançando com lampiões. Então uma pessoa (o pai dela? será que era a voz dele?) chamou seu nome. Então muitos outros chamaram seu nome também.

Tinha tanta gente chamando seu nome que as vozes subiam até a colina e chegavam a ela.

Ela escutava os homens na galeria do farol chamando seu nome também.

Ela quase respondeu.

Será que podia ser uma cantiga?, ela se perguntou. Será que o nome dela sendo chamado por dezenas de pessoas podia ser uma cantiga?

Será que podia ser uma cantiga nova para a próxima brincadeira de *wonn*?

Para uma roda de uma só.

Yo t ap chèche li...
Estavam à procura dela
Feito uma pedrinha numa tigela de arroz
Estavam à procura dela
Mas, não, não, não, ela não queria ser encontrada.

Ela continuou colina acima até ir parar num trecho de terreno plano atrás de uma das mansões da colina de Anthère. O terreno parecia ter acabado de ser limpo por fogo. A terra ainda estava quente embaixo das sandálias dela.

Seu pai gostava de dizer que, dali a alguns anos, Mòn Initil não seria mais inútil ou *initil* porque pessoas muito ricas tinham se dado conta de que podiam tocar fogo nela, terraplenar e construir seus grandes palácios ali. Logo teria que se chamar Mòn Palè, ou Montanha do Palácio.

Ela não conseguia mais enxergar a praia, então as pessoas também não poderiam enxergá-la. Ficou ali durante muito tempo, sozinha, no meio daquele campo recém-queimado. O nome dela era chamado do farol por dois ou três homens cuja voz ela poderia identificar com facilidade se pensasse bem sobre a questão, mas ela nem tinha mais vontade de responder.

Talvez pensassem que, como *Msye* Caleb, ela estava perdida no mar. Seu pai estaria mais preocupado que todo mundo por ela estar perdida no mar, mas iria esconder a preocupação. Ele não demonstraria sua preocupação aos amigos e vizinhos. E não demonstraria a madame Gaëlle. Mas ele não ia mais precisar se preocupar. Ela iria embora. Iria embora sozinha. Ela iria para onde ele nunca pensaria em ir atrás dela. Como os fugitivos das histórias de madame Louise — *les marons* —, ela iria se esconder no que tinha sobrado de Mòn Initil.

Ela seria a menina ao pé do céu. Ela iria encontrar uma caverna grande o bastante dentro de Mòn Initil para morar, e à noite ela iria se deitar em camas de samambaias e ouvir os morcegos guincharem e as corujas piarem. Ela cavaria um buraco para recolher a água da chuva para beber e se banhar. E ela iria se esforçar muito para não incomodar os espíritos abandonados que se refugiaram ali antes dela. Ela esperava que não houvesse nenhuma cobra, porque ela tinha medo de cobra, mas poderia aprender a conviver com elas se precisasse.

Mas ela não iria passar o tempo todo ali; ela sairia todo dia para observar a praia. Iria observar os pescadores saírem para o mar ao nascer do sol para lançar suas redes, depois voltarem no meio do dia ou no fim da tarde. Quando seu pai olhasse para Mòn Initil do mar, estaria olhando para ela sem perceber. Ele ficaria triste, mas talvez não fosse embora da praia nem de Ville Rose. Talvez ele ficasse, do mesmo jeito que tinha ficado quando ela estava morando com a família da mãe. Ele poderia ficar por perto, esperando, torcendo pelo retorno dela um dia.

Ela tinha ouvido algumas das mulheres dos pescadores dizerem que os espíritos das pessoas que se perdiam no mar às vezes vinham para o litoral para sussurrar no ouvido daqueles a quem amavam. Ela iria se assegurar de que ele sentisse a presença dela também. Ela iria se esgueirar para baixo ao crepúsculo, para coletar cocos caídos e pegar peixes salgados deixados para secar, e passaria na casa dele para dizer algumas palavras em seu ouvido enquanto ele estivesse dormindo. Assim, sempre estaria nos sonhos dele. Ela iria embora sem partir de verdade, sem perder tudo, sem morrer.

Ela ficou ali no meio do campo queimado durante muito tempo, imaginando sua vida como *maroon*. Ela esperou até as vozes do farol cessarem, até não ouvir mais nenhuma que fosse, então caminhou passando pelo campo de flores silvestres ao redor do farol e voltou a descer pela colina de Anthère, até a beira de uma ponta de pedra bem mais baixa, para poder ver de novo a praia.

Ela tinha esperança de ver o pai, queria ter mais um vislumbre dele antes de voltar para o alto da colina para começar seu retiro total em Mòn Initil. Assim ele não se arrependeria.

Da ponta de pedra mais baixa agora, ela via que a maioria dos lampiões tinha desaparecido, assim como as pessoas que os carregavam. A fogueira tinha sido apagada. Não havia mais luzes à vista, tirando a lua e as estrelas e o forno de barro de *Msye* Sylvain e as ferramentas da forja de *Msye* Xavier e as velas e a rede de madame Wilda e o lampião da cozinha ao ar livre de madame Josephine. Todas as outras pessoas, parecia, tinham se recolhido para passar a noite. Ou para sua própria escuridão.

Talvez elas não fossem sentir falta dela, no fim das contas.

Uma rajada de ar quente roçou sua pele ao se erguer, parecia, naquele exato momento, do mar. Aquilo a lembrou de uma sensação que ela às vezes tinha, de sentir outra presença ao redor: de notar que só um galho de uma árvore se agitava enquanto o resto permanecia parado, de ouvir as batidas de pés invisíveis no chão, de enxergar uma sombra a mais rodando quando ela brincava de *wonn*. Ela às vezes sentia as carícias leves de dedos subindo e descendo por suas costas, depois se demorando só um pouquinho em sua nuca. Ela nem sempre era capaz de especificar o momento em que essas coisas começavam, depois cessavam, por isso as chamava de *rèv je klè*, sonhos despertos.

Ela tinha esse tipo de sonho desde que podia se lembrar. Logo depois que aconteciam, ela procurava sinais de que algo, alguém de fato tinha estado ali. Examinava o solo em busca de pegadas, pétalas de flores, penas reluzentes de asas de anjos. E geralmente não havia nada.

Mas então, quando ela olhou para baixo da ponta de pedra, viu madame Gaëlle correndo com um lampião na mão e seu vestido brilhante que parecia prateado reluzindo ao luar. E, quando ela viu o pai, iluminado na beira da água pelo lampião de madame Gaëlle, pelo brilho do vestido de cetim dela, viu outras pessoas se aproximarem deles com seus lampiões, formando um círculo como se fossem um sol, ela notou algo diferente.

No meio do círculo de lampiões, com metade dele agora na água, ela viu alguém puxar para fora do mar um homem de camisa vermelha. Igual a um peixe que estava morrendo, o corpo do homem se contorcia. O pai e madame Gaëlle estavam postados juntos na frente dele.

O homem ergueu a mão e agarrou as pernas do pai dela e de madame Gaëlle, quase puxando os dois para cima dele. O pai dela se aprumou, retomando o equilíbrio. Madame Gaëlle caiu para a frente, de joelhos, e pousou na areia, ao lado do homem. Quem era ele?, ela se perguntou. Será que era *Msye* Caleb, que o mar tinha levado naquela manhã? Não. Ele tinha partido, já tinham se enlutado por ele, e aquele homem era grande demais para ser o amigo do pai dela.

Ela achou ter escutado as pessoas gritando o nome do diretor da escola: "Ardin! Ardin!", como que para acordar aquele homem do mar.

Ela começou a correr mais para baixo da colina, passando pelos jacarandás, pela trilha de cascalho, depois mais uma vez pelos cipós de ilangue-ilangue. Então ela parou num precipício coberto de hibiscos para olhar para baixo novamente. Ela viu o pai e alguns outros homens se abaixarem e se juntarem a madame Gaëlle na areia. Agarraram o homem pela cintura e o viraram de barriga para cima. Então ela viu madame Gaëlle baixar o rosto e colocar sua boca na boca do homem, como se fosse dar um beijo nele.

O pai dela se virou mais uma vez de frente para os barracos na praia. Ele agitava os braços enlouquecido, como se estivesse pedindo mais lampiões, mais gente, mais ajuda. Ou talvez ele apenas estivesse se sentindo impotente, se sentindo exatamente como ela se sentia agora, com medo.

Mais gente começou a chegar, e mais lampiões. Havia tantas pessoas agora que elas bloqueavam sua visão e ela não enxergava mais o homem de camisa vermelha, madame Gaëlle, nem seu pai. Ela continuou descendo a colina, correndo tão rápido que escorregou em algumas pedras de cascalho soltas e caiu. Voltou a se levantar, então começou a correr mais uma vez, deixando as sandálias para trás.

Ela correu e correu, descendo na direção da viela de coqueiros atrás da casa dela.

Fòk li retounen...
Ela tinha que voltar

Ela achou que isso também podia dar uma cantiga boa para o *wonn*.

Ela tinha que ir para casa
Para ver o homem
Que tinha rastejado meio morto
Para fora do mar

Ela tinha que voltar para ver o pai e madame Gaëlle, que podiam quase ter se afogado em suas próprias mágoas. Ela tinha que voltar para a água e ver os dois se revezando na respiração dentro daquele homem, na respiração que o traria de volta à vida. Antes de se tornar filha de madame Gaëlle, ela tinha que voltar para casa, apenas uma última vez.

Agradecimentos

Sou grata à Fundação John D. e Catherine T. MacArthur pela bolsa que me proporcionou tempo para tentar escrever este livro e muito mais. Agradeço a minha família em Léogâne, aos que se foram e aos que continuam presentes, por terem me apresentado e reapresentado ao mar.

Mèsi, Fedo, por coisas que levaria uma vida para listar.

Devo tanto a Nicole Aragi e a Robin Desser por seu amor e orientação que agora já faz décadas. Obrigada a Jennifer Kurdyla por seu tempo e paciência.

O trecho do poema "Le Soleil et Les Grenouilles" foi tirado de *Les Fables de La Fontaine* (Livre 6), disponível em várias edições.

Claire of the Sea Light © Edwidge Danticat, 2013

Todos os direitos desta edição reservados à Todavia.

Grafia atualizada segundo o Acordo Ortográfico da Língua Portuguesa de 1990, que entrou em vigor no Brasil em 2009.

capa e ilustração de capa
Giulia Fagundes
preparação
Márcia Copola
revisão
Erika Nogueira Vieira
Fernanda Alvares

Dados Internacionais de Catalogação na Publicação (CIP)

Danticat, Edwidge (1969-)
Clara da Luz do Mar / Edwidge Danticat ; tradução
Ana Ban. — 1. ed. — São Paulo : Todavia, 2022.

Título original: Claire of the Sea Light
ISBN 978-65-5692-204-1

1. Literatura haitiana. 2. Romance. I. Ban, Ana. II. Título.

CDD H843

Índice para catálogo sistemático:
1. Literatura haitiana : Romance H843

Bruna Heller — Bibliotecária — CRB 10/2348

todavia
Rua Luís Anhaia, 44
05433.020 São Paulo SP
T. 55 11. 3094 0500
www.todavialivros.com.br

fonte
Register*
papel
Pólen soft 80 g/m²
impressão
Ipsis